A GAROTA QUE LÊ NO METRÔ

Christine Féret-Fleury
A garota que lê no metrô

Tradução
Maria de Fátima Oliva Do Coutto

Rio de Janeiro, 2020
1ª Edição

Copyright © 2017 by Éditions Denoël

TÍTULO ORIGINAL
La fille qui lisait dans le métro

CAPA E ILUSTRAÇÕES
Raul Fernandes

FOTO DA AUTORA
Matsas-Denoël

DIAGRAMAÇÃO
Kátia Regina Silva | editoriârte

Impresso no Brasil
Printed in Brazil
2020

DADOS INTERNACIONAIS DE CATALOGAÇÃO NA PUBLICAÇÃO (CIP)
(CÂMARA BRASILEIRA DO LIVRO, SP, BRASIL)
CIBELE MARIA DIAS — BIBLIOTECÁRIA — CRB-8/9427

Féret-Fleury, Christine
    A garota que lê no metrô/Christine Féret-Fleury; [tradução Maria de Fátima Oliva Do Coutto]. – 1. ed. – Rio de Janeiro: Editora Valentina, 2020.

Título original: La fille qui lisait dans le métro
ISBN 978-65-88490-00-6

1. Ficção francesa. I. Título.

20-42584   CDD: 843

Índices para catálogo sistemático:
1. Ficção: Literatura francesa 843

Todos os livros da Editora Valentina estão em conformidade com o novo Acordo Ortográfico da Língua Portuguesa.

Todos os direitos desta edição reservados à

EDITORA VALENTINA
Rua Santa Clara 50/1107 – Copacabana
Rio de Janeiro – 22041-012
Tel/Fax: (21) 3208-8777
www.editoravalentina.com.br

*Para Guillaume e Madeleine, minhas primeiras edições...
E para você, pequenino Robin, que veio ao mundo
quando eu escrevia as últimas frases deste romance.
Que esses "amigos de papel" — os livros — sejam
seus fiéis companheiros e tragam alegria
e conforto ao longo de toda a sua vida!*

*Sempre imaginei o paraíso
como uma espécie de biblioteca.*

*Jorge Luis Borges,
"Poema de los dones"*

1

O homem de chapéu verde entra sempre em Bercy, sempre pela primeira porta do primeiro vagão, e desce por essa mesma porta em La Motte-Picquet-Grenelle exatos dezessete minutos depois — isso nos dias em que as paradas, os avisos sonoros e os rangidos metálicos se sucedem com regularidade, nos dias sem um fluxo excepcional, sem acidentes, sem alertas de segurança, sem greve, sem paralisações para aguardar a normalização do tráfego. Nos dias comuns. Nesses em que temos a impressão de fazer parte de uma máquina bem lubrificada, de um grande corpo mecânico onde cada um de nós, queira ou não, tem uma função e desempenha o seu papel.

É nesses dias que Juliette — escondida atrás dos óculos escuros em formato de borboleta e da grossa echarpe tricotada em 1975 pela avó Adrienne para a filha, uma echarpe de exatos dois metros e meio, no tom azul-claro dos cumes longínquos às sete horas de uma noite de verão, não em qualquer lugar, mas lá pelos lados de Prades olhando-se na direção do Canigou — questiona se a sua existência neste mundo tem mais importância do que uma das aranhas que afogou hoje de manhã ao tomar banho.

Ela não gosta nem um pouco de fazer isso — mirar o jato d'água no corpinho preto e aveludado, olhar de esguelha as patas finas se agitarem frenéticas e depois se dobrarem de repente, ver o aracnídeo se retorcer todo, tão frágil e insignificante quanto um fiapo de lã arrancado do pulôver preferido, até a água arrastá-lo pelo ralo retapado às pressas com um safanão.

Assassinatos em série. Todos os dias, elas, as aranhas, reaparecem, emergem dos canos após um périplo de pontos de partida indeterminados. Serão sempre as mesmas que, uma vez projetadas nessas profundezas escuras, difíceis de se imaginar, nessas entranhas da cidade semelhantes a um imenso reservatório de vidas fervilhantes e pútridas, se desdobram e ressuscitam para, logo em seguida, recomeçarem uma ascensão quase sempre fadada ao fracasso? Juliette, assassina culpada e enojada, imagina-se com as feições de uma divindade impiedosa, embora distraída ou ocupada demais a maior parte do tempo para cumprir a sua missão, vigiando em intervalos intermitentes o buraco de acesso ao inferno.

Que esperam as aranhas? Que viagem terão decidido empreender e com que objetivo?

Talvez o homem de chapéu verde possa responder, se Juliette ousar perguntar. Todas as manhãs, o homem abre a sua pasta e retira um livro encapado com um papel fininho, quase transparente, puxado também para o esverdeado, e desdobra as pontas com gestos lentos, precisos. Depois desliza um dedo entre duas páginas já separadas por uma tira do mesmo papel e inicia a leitura.

O livro se intitula: *História dos insetos úteis ao homem, aos animais e às artes, incluindo um apêndice a respeito da destruição dos insetos nocivos.*

Ele acaricia a encadernação de couro matizado, a lombada com filetes dourados, onde o título sobressai no fundo vermelho.

O homem de chapéu verde abre o livro, aproxima-o do rosto e sente o cheiro com os olhos semicerrados.

Lê duas ou três páginas, não mais, tal um gourmet degustando profiteroles de creme com ajuda de uma minúscula colher de prata. Em seu rosto desenha-se um sorriso enigmático e satisfeito — aquele que Juliette, fascinada, associa ao do Gato de Cheshire de *Alice no país das maravilhas*. Por conta do desenho animado.

Na estação Cambronne, esse sorriso se apaga e dá lugar a uma expressão de pesar e desapontamento; ele dobra o papel, guarda o livro e fecha os trincos da pasta com um estalido. E se levanta. Nem uma única vez pousa o olhar em Juliette, que, sentada à sua frente — ou de pé, agarrada à barra lustrada diariamente por centenas de palmas de mão enluvadas ou não —, devora-o com os olhos.

O homem se afasta a passos lentos, muito empertigado no casaco abotoado até o pescoço, o chapéu inclinado sobre a sobrancelha esquerda.

Sem esse chapéu, sem esse sorriso, sem essa pasta onde trancafia o seu tesouro, na certa, Juliette não o reconheceria. É um homem como tantos outros, nem bonito nem feio, nem simpático nem antipático. Mais para gorducho, idade indefinida; enfim, normal, para usar um clichê.

Um homem.

Ou melhor: um leitor.

"A abelha, o bicho-da-seda, o pulgão, a cochonilha, a lagosta-das--árvores, o tatu-bola, as cantáridas, as sanguessugas..."

— O que você está dizendo?

Juliette, cantarolando distraída, sobressalta-se.

— Ah, nada. Uma musiquinha de criança... Eu estava tentando me lembrar dos nomes...

— Recebi um cadastro pro apartamento do boulevard Voltaire — comenta Chloé, sem ouvir a resposta. — A proposta tá aí com você?

11

Com um minuto de atraso, Juliette balança afirmativamente a cabeça. Ainda pensa no homem do livro verde, nos insetos, nas aranhas — afogou duas nessa manhã.

— Pode me dar. Eu arquivo — responde.

Gira a cadeira, puxa uma pasta da estante que ocupa uma parede inteira do escritório e guarda as folhas. O papel, repara, está amarelo urina. Não pode ser mais nojento. A parede está completamente entulhada e coberta de etiquetas descolando nas beiradas, e parece prestes a desabar sobre ela como uma avalanche de lodo. Juliette fecha os olhos, imagina o lamaçal, as bolhas de gás estourando na superfície, o fedor, e aperta o nariz com força na tentativa de reprimir a náusea.

— O que você tem? — pergunta Chloé.

Juliette dá de ombros.

— Tá grávida?! — insiste a colega.

— Claro que não. Mas gostaria de saber como você consegue trabalhar de cara para isso... Essa cor é asquerosa.

Arregalando os olhos, Chloé encara a colega de trabalho.

— As-que-ro-sa — repete, separando as sílabas. — Pirou, é? Já ouvi muita coisa esquisita, mas isso nunca. É só papelada, Juliette. É feio, tá certo, mas... tem certeza de que está tudo bem?

Juliette tamborila sobre a escrivaninha, em ritmo irregular:

A abelha, o bicho-da-seda, o pulgão, a cochonilha, a lagosta-das-árvores, o tatu-bola, as cantáridas, as sanguessugas...

— Está tudo ótimo — responde. — O que você costuma ler no metrô?

2

Lá estão a idosa, a estudante de matemática, o ornitólogo amador, o jardineiro, a apaixonada — pelo menos, assim pensa Juliette, levando-se em conta a respiração levemente arquejante e as minúsculas lágrimas umedecendo-lhe os cílios quando chega às derradeiras páginas dos romances que devora, volumes grossos e de pontas dobradas de tanto serem relidos. Por vezes, na capa, um casal abraçado sobre um fundo vermelho sangue ou a renda sugestiva de um sutiã meia taça. O torso de um homem nu, um contorno de quadris e de nádegas femininas, um lençol amarrotado, ou um par de abotoaduras, sóbria composição do título destacado pela ponta de uma gravata... e as lágrimas que, por volta da página 247 (Juliette conseguiu ver o número dando uma espiada discreta na direção da vizinha), brotam entre os cílios da moça para depois escorrerem lentamente para o lenço, enquanto as pálpebras se fecham e um suspiro involuntário ergue os seios redondos, moldados por um top bem-comportado.

"Por que a página 247?", pergunta-se Juliette acompanhando com o olhar um guarda-chuva que escapole pela plataforma da estação

Dupleix, abrigando das rajadas oblíquas toda uma família da qual só consegue enxergar as pernas — perninhas em veludo marrom, pernas compridas em jeans e pernas delicadas em meias-calças listradas. O que acontece ali naquela página, que repentina emoção desabrocha, que dilaceração, que angústia contrai a garganta, que estremecimento de volúpia ou abandono?

Sonhadora, tamborila com as pontas dos dedos a capa do livro mantido fechado com relativa frequência, absorta demais nas próprias observações. A edição de bolso com a borda manchada de café e a lombada cheia de ranhuras passa de bolsa em bolsa, da sacola grande das terças-feiras — dia em que Juliette vai ao supermercado ao sair da imobiliária — à bolsa das sextas-feiras, dia do cinema. Um cartão-postal entre as páginas 32 e 33 não é movido dali há mais de uma semana. Costuma associar a paisagem no cartão — um vilarejo na serra sobressaindo ao longe, acima de um mosaico de lavouras em tons castanhos — à idosa que folheia sempre a mesma coletânea de receitas e por vezes abre um sorriso, como se a descrição de um prato lhe trouxesse à lembrança uma loucura da juventude; às vezes, fecha o livro, nele descansando a mão sem anéis, e contempla, pela janela, os barcos subindo o Sena ou os telhados reluzentes nos dias chuvosos. O texto da contracapa está em italiano, centralizado acima de uma foto reunindo dois pimentões graúdos, um maço rechonchudo de erva-doce e um pedaço de queijo muçarela no qual uma faca de cabo de chifre deixou um sulco retilíneo.

A abelha, o bicho-da-seda, o pulgão, a cochonilha, a lagosta-das-árvores, o tatu-bola, as cantáridas, as sanguessugas... Carciofi, arancia, pomodori, fagiolini, zucchini... Crostata, lombatina di cervo, gamberi al gratin... Palavras-borboletas voando no vagão abarrotado antes de pousarem nas pontas dos dedos de Juliette. Acha a imagem bem boboca, mas é a única que lhe vem à mente. Aliás, por que borboletas? Por que não vaga-lumes piscando alguns segundos antes de se apagarem? Quando foi a última vez que viu um vaga-lume? Na verdade, nunca. Receia não haver mais vaga-lumes em lugar nenhum. Apenas nas recordações. Nas da avó, a que tricotou a echarpe. E que se parece com a senhora do livro de culinária; o mesmo rosto alvo e plácido, as mesmas mãos fortes de dedos curtos, só que enfeitadas com um único anel, a aliança grossa que, ano após ano, moldou a carne até marcá-la irremediavelmente. A pele enrugada, manchada, cobre bem o anel, o corpo digere o símbolo, deforma-se ao seu contato. "Os vaga-lumes", dizia ela, "são estrelas cadentes. Eu ainda era tão pequena que não tinha autorização para ficar acordada até tarde, e as tardes de verão eram tão, tão compridas... Durante duas horas, no mínimo, a claridade penetrava o meu quarto através das frestas das venezianas. Deslizava devagarinho sobre o tapete, escalava as grades da minha cama e, de repente, a bola de cobre aparafusada bem lá no teto começava a brilhar. Eu sabia que perdia o mais bonito, aquele instante em que o sol mergulha no mar e este se torna vinho, se torna sangue. Então, eu dava um nó na minha camisola para encurtá-la, sabe? Bem apertado, em volta da cintura. E descia equilibrando-me na treliça. Uma verdadeira macaquinha. E atravessava correndo o gramado até o ponto de onde podia admirar o mar. Depois, já bem escuro, eu me balançava na cerca que sempre deixavam aberta, atrás da construção onde criavam bichos-da-seda... Foi lá que eu vi os vaga-lumes. De repente, eles chegaram. Ou saíram da terra. Eu nunca soube. Silenciosos, suspensos no ar, pousados na grama... Aí eu não me movia mais, não ousava sequer respirar. Eu estava entre as estrelas."

 O metrô desacelera. Sèvres-Lecourbe. Mais três estações, ou duas, depende dos dias e do humor de Juliette. Metal rangendo, uma parada. De repente, ela se levanta e cruza as portas no instante em que se fecham. Uma ponta do casaco fica presa na porta automática; puxa-a com um safanão, um golpe seco, e fica imóvel na plataforma, um pouco ofegante, enquanto a composição se afasta. Na luz matinal cinzenta, algumas silhuetas seguem na direção da saída, embrulhadas em pesados sobretudos. Manhã de fevereiro ideal para usufruir o prazer de percorrer as ruas a pé, o nariz empinado, observando o formato das nuvens ou, curiosa, bisbilhotando, o olhar em busca de uma loja nova ou de um ateliê de cerâmica. Ninguém. As pessoas vão do espaço bem aquecido dos seus apartamentos para o do escritório, tomam um cafezinho, comentam, bocejando, as tarefas do dia, as fofocas, as notícias — sempre deprimentes. Da estação na qual Juliette desce todos os dias até a porta da imobiliária, basta andar uma rua. Um lance de escada, um pedaço de calçada depois, à esquerda as vitrines de uma lavanderia a seco, de uma tabacaria e de uma lanchonete de kebab. Na da tabacaria, uma árvore de Natal de plástico, ainda ornamentada com guirlandas e laços de papel celofane, já começa a ficar empoeirada. O gorro vermelho e o pompom branco na ponta, à guisa de estrela, pendurados como uma roupa molhada.

Juliette quer ver algo novo. Dirige-se ao totem, com o mapa do bairro afixado, na extremidade da estação: entrando na primeira rua à direita e, em seguida, no segundo cruzamento, virando de novo à direita, não levará mais de dez minutos. Uma pequena caminhada para aquecer. Nem se atrasará — ou quase nada. De qualquer modo, Chloé abrirá a imobiliária. Aquela garota é de uma pontualidade doentia, e o sr. Bernard, o dono, nunca chega antes das 9h30.

Com passos apressados, Juliette entra na rua, obrigando-se logo adiante a desacelerar. Precisa livrar-se do costume de seguir sempre em frente, os olhos fixos no objetivo a alcançar. Nada de palpitante a aguarda, nadinha além de formulários a serem preenchidos e arquivados, uma longa lista de tarefas enfadonhas, uma visita ou quem sabe duas a algum imóvel. Isso em dias de mais movimento. E dizer que escolheu essa profissão por causa das visitas!

Para *quem procura contato humano*, como mencionava o anúncio ao qual respondeu. Sim, contato humano; abordar clientes e ler em seus olhos os sonhos e os desejos, até se antecipar e encontrar para eles um ninho onde esses sonhos pudessem se transformar em realidade, onde os desconfiados voltassem a reconquistar a confiança, onde os deprimidos tornassem a sorrir para a vida, onde as crianças crescessem ao abrigo dos vendavais que derrubam e desenraízam, onde os velhos, exaustos, aguardassem a morte sem angústia.

Ainda se lembra da sua primeira visita, um casal na faixa dos trinta anos. Sugeriu um café antes de entrarem no imóvel, "preciso conhecê-los melhor e assim compreender as suas expectativas", anunciou ela com uma segurança que, naquele momento, estava bem longe de sentir. *Compreender as suas expectativas*. Achava que a expressão, lida no fascículo entregue pela diretoria da imobiliária a cada funcionário, soava bem. Mas o homem a encarara, a sobrancelha levantada, e depois batera no mostrador do relógio num gesto impaciente. A mulher, consultando as mensagens na tela do celular, sequer levantara os olhos nem mesmo enquanto subia a escada, ao passo que Juliette, petrificada, recitava a ficha decorada na véspera à noite: "o silhar e o charme do estilo haussmaniano; poderão observar que o assoalho da entrada, restaurado, respeitou as partes originais; calma absoluta; o elevador vai até o quarto andar; vejam só a espessura do tapete nos degraus". Sua voz parecia vir de muito longe, ridiculamente aguda, voz de criança tentando imitar a de adultos. Sentiu pena de si mesma, a garganta apertada pela absurda vontade de chorar. O casal percorrera o apartamento de sala e dois quartos com passos acelerados, enquanto ela penava para acompanhá-los. As palavras alçavam voo, embaralhavam-se, "o pé direito alto, o estilo dos relevos da lareira, tacos em formato ponta de diamante, isso é tão raro, a possibilidade de criar um quarto extra, ou um escritório, instalando-se um mezanino..." Eles não a escutavam, não se olhavam, não faziam pergunta alguma. Corajosa, ela tentava entabular uma conversa: "tocam piano, têm filhos ou...?" Sem respostas, tropeçara num raio de luz que obstruía uma tábua do assoalho coberto de poeira, sua voz cada vez mais distante, tão tênue que era impossível alguém, doravante, conseguir ouvi-la: "apartamento espaçoso, muito iluminado, sol desde as nove da manhã na cozinha"... Eles já tinham ido embora, ela corria tentando alcançá-los. Na rua, entregara o seu cartão de visitas ao homem, que o enfiara no bolso sem sequer lhe lançar um olhar.

Teve certeza de que não os veria mais.

Um grito de gaivota devolve Juliette à realidade. Para e ergue os olhos. O pássaro, as asas abertas, descreve círculos acima da sua cabeça. Uma nuvem baixa cobre o seu bico e logo o seu corpo, restando apenas as pontas das asas e o grito ressoando entre os muros altos. O pássaro desaparece bruscamente. Uma rajada de vento fustiga o rosto de Juliette. Hesitante e desiludida, olha ao redor. A rua sombria, vazia, é ladeada por prédios cujo reboco, riscado por compridos sulcos de umidade, descasca. O que foi buscar ali? Estremece, enfia o nariz na grossa echarpe e torna a andar.

— Zaïde!

O chamado parece vir do alto, mas a menina correndo na sua direção simplesmente o ignora; ágil e travessa, mergulha entre as pernas de Juliette e uma lixeira tombada de onde brotam plásticos para reciclagem, apruma as perninhas finas e começa a saltitar na calçada escorregadia. Juliette se vira e vê a menina se afastar, saia rodopiante, um pulôver curto verde-bandeira, duas tranças dançando... até o olhar recair sobre um portão alto e enferrujado que um livro — um *livro* — mantém entreaberto.

Acima dele, uma placa de metal esmaltado, "saída direto de um filme dos anos de guerra", pensa Juliette, anuncia em letras garrafais azuis: *Livros sem Limites*.

3

Juliette dá mais três passos, estende o braço, toca nas páginas deformadas pela umidade. Com a ponta da língua, umedece o lábio superior. Ver um livro espremido entre duas bandas de um portão de ferro lhe faz quase tanto mal quanto afogar uma aranha. Devagar, apoia o ombro em uma delas e empurra: o livro desce um pouco mais. Pega-o e, sempre encostada no portão, abre-o enquanto o aproxima do rosto.

Adora o odor dos livros, cheirá-los, sobretudo aqueles comprados em sebos — os livros novos, dependendo do papel e da cola utilizados, também guardam diferentes odores, mas permanecem silenciosos nas mãos que os seguram, nas casas que os abrigam; ainda não possuem história, alguma bem diferente da que contam, uma história paralela, difusa, secreta. Muitos cheiram a mofo, outros guardam, entre as suas páginas, obstinados aromas de curry, de chá, ou de pétalas secas; manchas de gordura, às vezes, sujam a parte superior da página; uma erva comprida, que serviu de marcador durante uma tarde inteira de verão, desintegra-se; frases sublinhadas ou anotações na margem reconstituem, em sigilo, uma espécie de diário íntimo, um esboço de biografia, por vezes o testemunho de uma indignação, de uma separação.

Este cheira a rua — um misto de ferrugem e fumaça, guano, pneu queimado. Mas também, surpreendentemente, a hortelã. Hastes soltam-se da dobra, caem silenciosas, e o perfume intensifica-se.

— Zaïde!

De novo o chamado, um barulho de galope; Juliette sente um corpinho morno esbarrar no seu.

— Desculpe.

A voz, estranhamente grave para uma criança, exprime espanto. Juliette baixa o olhar e encontra olhos castanhos tão escuros que as pupilas parecem ter aumentado e atingido a dimensão das íris.

— Eu moro aqui — diz a menina. — Posso passar?

— Claro — murmura Juliette.

Sem graça, afasta-se para o lado, e o portão pesado começa a se fechar. A menininha empurra-o com as mãos.

— É por isso que o papai sempre deixa um livro aqui — explica em tom paciente. — A maçaneta é dura demais pra mim.

— Mas por que um livro?

A pergunta sai como uma reprimenda. Juliette sente-se enrubescer, o que não acontece faz tempo — sobretudo na frente de uma pirralha de uns dez anos.

Zaïde — que nome bonito! — dá de ombros.

— Ah, só destes! Ele diz que são *cucos*. É engraçado, né? Igual aos passarinhos. Eles têm as mesmas páginas repetidas umas três ou quatro vezes seguidas, não foram feitos direito, sabe? Não dá pra ler. Quer dizer, não de verdade. Está vendo este aí?

A criança espicha o pescoço, fecha os olhos, funga.

— Eu já li. A história é boba… Uma garota conhece um garoto. Primeiro detesta ele, depois gosta, mas depois é ele que detesta ela e… Achei tão chato que coloquei uns galhinhos de hortelã dentro para que pelo menos ficasse com um cheirinho bom, né?

— Foi uma boa ideia — diz Juliette com doçura.

— Quer entrar? Você é uma mensageira? Nunca vi você aqui.

Mensageira? Juliette balança a cabeça. Essa palavra também evoca imagens de filmes em preto e branco, silhuetas indistintas correndo curvadas dentro de túneis ou esgueirando-se sob arames farpados, moças de bicicleta transportando panfletos da Resistência dentro da bolsa e sorrindo, com falsa candura, para soldados alemães usando uma espécie de tigela de latão azinhavrado na cabeça. Imagens vistas cem vezes no cinema e na televisão, tão familiares, tão lidas que, às vezes, esquecemos o horror que encobrem.

— Então... quer ser uma? — continua Zaïde. — É fácil. Vem, vamos falar com o papai.

De novo, Juliette esboça um gesto de negação. Depois vira o rosto e torna a pousar o olhar na placa de título misterioso — simples, no entanto, certeiro. Afinal, os livros não conhecem limites nem fronteiras, salvo, por vezes, as da língua, claro — por que então...?

Ela sente os pensamentos escapulirem, embora ciente de que o tempo voa, de que é preciso ir embora, sair daquela rua, reencontrar o mais rápido possível a iluminação fria da sua sala nos fundos da imobiliária, o cheiro de poeira das pastas "imóveis" e das pastas "clientes", a tagarelice ininterrupta de Chloé e aquela tosse do sr. Bernard, encatarrada ou seca dependendo da estação, aguardar a quarta visita do casal de aposentados incapazes de se decidirem entre a chácara em Milly-la-Forêt e o apartamento de quarto e sala na porte d'Italie.

— Vem — repete Zaïde, em tom decidido.

E, pegando Juliette pela mão, puxa-a para dentro do pátio e depois recoloca o livro com cuidado no vão de abertura do portão.

— O escritório fica lá nos fundos, naquela porta envidraçada. É só bater. Eu vou subir.

— Você não vai à escola? — pergunta maquinalmente Juliette.

— Teve um caso de catapora na minha sala — responde a menina, assumindo ares de importância. — Mandaram a gente pra casa, tenho até um bilhete pro meu pai. Não está acreditando?

Seu rostinho redondo se franze numa careta inquieta. Uma ponta de língua surge entre os lábios, tão rosa e lisa quanto uma flor de marzipã.

— Claro que acredito.

— Então tá. É que vocês todos são tão desconfiados — conclui, dando de ombros.

De um salto, dá meia-volta, e as tranças de novo dançam sobre os ombros. Seus cabelos são grossos, castanhos, e possuem mechas cor de mel onde a luz reflete com mais força a claridade: cada trança é mais grossa que o seu pulso delicado.

Enquanto Zaïde sobe em disparada os degraus de uma escada metálica que leva a um comprido e estreito corredor ao longo de todo o primeiro andar da construção — sem dúvida, uma antiga fábrica —, Juliette dirige-se com passos inseguros à porta indicada. Não sabe direito o motivo de ter seguido a menininha e obedecido à sua ordem — pensando bem, foi uma ordem. Ou um conselho? Em todo caso, um absurdo obedecer: sabe que está atrasada sem precisar consultar o relógio. No momento, cai uma garoa fininha que a impele a buscar calor, abrigo... E, de qualquer modo, não tem mesmo nenhuma tarefa urgente pela manhã... Sempre poderá alegar que a máquina de lavar, que há meses está com defeito, enguiçou de vez. Já conversou demoradamente sobre o assunto com o sr. Bernard, que se deu ao trabalho de enumerar diferentes modelos, apesar de insistir nas marcas alemãs — segundo ele, bem mais confiáveis —, e inclusive chegou a propor acompanhá-la num sábado a uma loja cujo gerente, um primo afastado, homem honesto, poderá oferecer a melhor opção.

O vidro da porta reflete um pedaço do céu, mas no fundo do aposento há uma lâmpada acesa.

Juliette ergue a mão e bate.

4

— Está aberta!
 Uma voz masculina. Grave, até meio rouca, colorida por um sotaque indefinível. No fundo do aposento, um vulto comprido se estica. Ao empurrar a porta, Juliette vê a pilha de caixas; as do topo, inclinadas, balançam. "Cuidado!", grita o homem. Tarde demais: as caixas de papelão desmoronam, levantando uma nuvem de poeira. A jovem começa a tossir e cobre a boca e o nariz com a mão; ouve um palavrão que não compreende; vê, ou melhor, pressente um movimento — o sujeito moreno, magérrimo, vestido de preto, cai de joelhos. Com a outra mão, ela esfrega os olhos lacrimejantes.

— Não estou acreditando! Eu tinha organizado tudo… Então, não vai me ajudar?

O tom, desta vez, é imperativo. Incapaz de dizer uma palavra, Juliette faz que sim com a cabeça e avança, receosa, na direção da luz. O homem agita os braços; pulsos ossudos saem de mangas curtas demais; e agora que a poeira baixou um pouco, ela vê com nitidez um perfil delicado, delgado, um nariz reto como o de certas estátuas gregas ou guerreiros de afrescos em Cnossos. No verão anterior, passara duas semanas em Creta e, com frequência, visualizava-os em sonho, brandindo lanças e partindo para o ataque, os grandes olhos oblíquos sonhando com a glória da imortalidade.

— Claro — consegue murmurar, sem saber ao certo se foi ouvida.

Ele está abraçando os volumes derrubados, multiplicando gestos inúteis como um nadador desajeitado. Os livros sobem até as suas coxas, as capas, escorregando umas sobre as outras, espalham-se e abrem-se em leque, e ela acredita ouvir, de repente, o bater de asas de um canário-da-terra alçando voo de um arbusto.

Quando chega à sua frente, o homem levanta os olhos com a simplicidade de uma criança, demonstrando desalento.

— Não sei mais como os organizei. Se por assunto e país. Ou por gênero.

E acrescenta, como que pedindo desculpas:

— Eu sou muito distraído. Minha filha sempre reclama e diz que faz um tempão que um passarinho levou embora a minha cabeça.

— A pequena Zaïde é sua filha? — pergunta Juliette, já agachada, as mãos nas páginas dos livros.

Diante de seus olhos, uma coleção quase completa dos romances de Zola esparramada no chão: *A fortuna dos Rougon, O crime do padre Mouret, Uma página de amor, Pot-Bouille, Naná, Germinal...* Junta-os, arrumando-os numa pilha impecável no assoalho, à margem da maré de volumes.

— Já conheceu a minha filha?
— Sim, foi ela que me convidou a entrar.
— Preciso adverti-la para tomar mais cuidado.
— Pareço tão perigosa assim?

Sob os volumes de Zola, um rosto masculino, atravessado por um bigode fino, encara-a insolente. Ela decifra o título: *Bel-Ami*.

— Maupassant — observa Juliette. — E ali, Daudet. Romances naturalistas. Talvez tenha tentado classificá-los por gênero literário.

Ele não a ouve.

— Não, não parece perigosa — admite ele após um instante de reflexão. — Você é livreira? Professora? Bibliotecária, talvez?

— Nada disso, eu... trabalho no ramo imobiliário. Mas o meu avô foi livreiro. Quando eu era criança, adorava visitar a livraria dele. Adorava ajudá-lo. Adorava o cheiro dos livros...

O cheiro dos livros... Juliette era capturada pelo cheiro antes mesmo de entrar na livraria, tão logo avistava a estreita vitrine onde o avô expunha um único volume de cada vez; em geral, num suporte, um livro de arte, e a cada dia ele virava uma página. Tinha gente que parava, lembrava-se ainda, para olhar a imagem daquele dia, uma paisagem de Ruisdael, um retrato de Greuze, uma marinha de Nicolas Ozanne...

Para a menina, e mais tarde para a adolescente, a livraria era o palácio das Mil e Uma Noites, o refúgio nas tardes chuvosas das quartas-feiras, quando arrumava os volumes recém-chegados nas estantes ou lia na sala do estoque. Bibliófilo apaixonado, sempre à procura de edições raras, o avô comprava bibliotecas inteiras de sebos, boa parte acumulada em caixas enormes empilhadas à direita da porta. Folheando aqueles tesouros, Juliette descobrira não apenas os clássicos da literatura infantil, mas também obras de autores quase esquecidos, Charles Morgan, Daphne Du Maurier, Barbey d'Aurevilly, e toda uma série interminável de romancistas inglesas, dentre elas Rosamond Lehmann. Ela devorava os romances de Agatha Christie como se fossem bombons...

Velhos tempos!

A voz do homem de preto a traz de volta ao presente.

— Tome, pegue esses. Agora me lembrei de que não sabia onde guardá-los. Isso quer dizer, suponho, que estão prontos para partir.

Juliette estende as mãos para receber a pilha de livros que ele oferece; em seguida, atônita, repete:

— Prontos para partir?

— Sim. Foi por isso que veio aqui, não? Quer participar do grupo dos mensageiros? Geralmente, costumo fazer algumas perguntas antes. Eu tenho uma lista preparada, deve estar ali — com um gesto vago, aponta para a escrivaninha coberta de papéis e jornais recortados —, mas nunca a encontro quando preciso. Bem, de qualquer maneira, posso lhe oferecer um café.

— Eu... não, obrigada, eu tenho que...

— De qualquer maneira, preciso explicar... como funcionamos... eu não, quer dizer, eles porque eu... enfim, é meio complicado. Eu nunca saio.

Levanta-se com o apoio das mãos, passa por cima das caixas de papelão e dirige-se ao fundo da sala, onde uma mesinha ostenta uma miniestante de ferro fundido, com xícaras e uma pequenina caixa onde se lê a antiga marca *Biscuits Lefèvre-Utile*.

— Essa cafeteira é invenção minha — explica, de costas para ela. — Funciona mais ou menos segundo o princípio do aquecedor a pellets... Sabe a que estou me referindo?

— Não exatamente — murmura Juliette, sentindo-se penetrar um mundo irreal.

Está atrasada. Na verdade, atrasadíssima. Chloé já deve ter telefonado para o seu celular — desligado — querendo saber se está doente. O sr. Bernard já deve ter cruzado a porta do seu escritório envidraçado, à esquerda da entrada da imobiliária, tirado e pendurado o casaco no cabideiro, examinando se os ombros estão retos no cabide forrado de crochê, do qual pende uma bola de cedro contra traças. Ele também já deve ter ligado a sua cafeteira, colocado dois cubinhos de açúcar na xícara de porcelana de Limoges enfeitada com dois filetes de ouro, a única que escapou, como lhe confidenciou certa vez, do serviço de chá da sua mãe, mulher encantadora mas descompensada, que quebrou todas as outras e atirou uma delas na cabeça do marido quando descobriu que a traía com a secretária, grande clássico do gênero. O telefone já deve ter tocado — uma ou duas vezes. E Chloé atendeu às ligações. Que horas serão? Juliette lança um olhar ansioso pela janela (por que a janela?), em seguida aspira o aroma do café e ignora a culpa. O homem maneja com energia a manivela de madeira do moinho. Cantarola, como que esquecido da presença da garota. Juliette sente, mais do que ouve, a melodia envolvê-la, fugaz, antes de se dissipar.

— O meu nome é Soliman — diz, voltando-se para ela. — E o seu?

5

— Meu pai adorava Mozart — diz, pouco depois, enquanto tomam, devagar, um café escuro e forte, quase licoroso. — Ele colocou nomes dos personagens da ópera *Zaïde* em mim e na minha irmã. E este é o nome da minha filha.

— E a sua mãe concordou?

Cônscia da indiscrição, Juliette enrubesce e pousa a xícara.

— Desculpe. Às vezes, eu falo o que me vem à cabeça. Isso não me diz respeito.

— Não faz mal — replica ele, esboçando um sorriso que ameniza os traços graves. — Minha mãe faleceu muito jovem. E já fazia bastante tempo que não estava mais, de fato, conosco... De certa maneira... vivia ausente.

Sem mais explicações, ele deixa o olhar vagar sobre as caixas de papelão empilhadas ao longo das divisórias alinhadas à perfeição, quase imbricadas — uma parede duplicando a parede original, isolando da luz e dos barulhos lá de fora o pequeno aposento.

— Conhece o princípio dos livros viajantes? — retoma, após alguns segundos de silêncio. — Foi um americano, Ron Hornbaker, que o inventou, ou melhor, sistematizou o conceito em 2001. Fazer do mundo uma biblioteca... Bela ideia, não acha? Alguém deixa um livro num lugar público, estação, banco de praça, cinema, qualquer um apanha o livro, lê e, por sua vez, ao terminar, deixa o livro, alguns dias ou semanas depois, em outro lugar.

Ele une as mãos sob o queixo, num triângulo quase perfeito.

— Mas faltava seguir os rastros dos livros "libertados", reconstituir o seu itinerário e permitir aos leitores compartilharem as suas impressões. Daí o site na internet associado ao movimento, no qual cada livro é registrado. A cada um é atribuído um identificador que deve ser sinalizado de maneira legível na capa, com o endereço eletrônico do site. Quem encontra um livro viajante pode então assinalar a data e o lugar onde o encontrou, postar uma opinião ou uma crítica e...

— É esse o seu trabalho? — interrompe-o Juliette.

— Não exatamente.

Levanta-se, dirige-se para as pilhas mais ou menos reconstituídas por Juliette. Em cada uma delas, apanha um livro.

— Pronto. Temos uma seleção bastante aleatória de leituras possíveis e até em diferentes idiomas: *Guerra e paz*, de Tolstói. *Harmur englanna* [*A tristeza dos anjos*], de Jón Kalman Stefánsson. *Suíte francesa*, de Irène Némirovisky. *O combate do inverno*, de Jean-Claude Mourlevat. *Rien ne s'oppose à la nuit* [*Nada se opõe à noite*], de Delphine de Vigan. *Lancelote, o cavaleiro da carreta*, de Chrétien de Troyes. O próximo mensageiro a entrar nesta sala será responsável pela distribuição de todos estes livros.

— Responsável? — enfatiza Juliette.

— Ele não os deixará ao ar livre ou dentro de um trem. Não os deixará soltos, ao acaso, se prefere assim, para que encontrem os seus leitores.

— Mas como...

— O mensageiro deverá *escolher* um leitor. Ou uma leitora. Alguém que ele irá observar, diria mesmo seguir, até a intuição apontar de qual livro essa pessoa *necessita*. Não se engane, é um trabalho sério. Não se atribui um livro por desafio, por capricho, por vontade de provocar ou desestabilizar, a não ser que haja motivo. Meus melhores mensageiros são dotados de grande faculdade de empatia: sentem, no mais profundo de si mesmos, quais frustrações, quais rancores se acumulam em um corpo que nada, na aparência, se diferencia de outro. Enfim, eu deveria dizer *meu* melhor mensageiro: a outra, infelizmente, nos deixou faz pouco tempo.

Coloca os livros sobre a mesa e volta-se para pegar, com a maior delicadeza, uma foto ampliada em formato A4.

— Eu queria pregá-la na parede deste escritório. Mas ela não gostaria. Era uma mulher discreta, silenciosa, reservada. Eu nunca soube exatamente de onde veio. Assim como nunca soube o motivo de ter decidido acabar com a própria vida.

Juliette sente um nó na garganta. As paredes de livros parecem aproximar-se dela, compactas, ameaçadoras...

— Quer dizer que ela...?

— Sim. Suicidou-se há dois dias.

Soliman empurra na direção de Juliette a foto sobre a mesa. É um retrato em preto e branco meio granulado, os detalhes desbotados pela distância e pela má qualidade da reprodução, mas a jovem logo reconhece a mulher corpulenta, espremida num sobretudo, que se mostra num perfil 3x4 para a câmera.

É a mulher do livro de culinária, a da linha 6 — a que frequentemente olhava pela janela do vagão com um misterioso sorriso de expectativa.

— Sinto muito... Como sou idiota!

É a quarta ou quinta vez que Soliman repete essa frase. Entrega para Juliette uma caixa de lenços de papel, outra xícara de café e um pires — não muito limpo — sobre o qual ele despeja o conteúdo da caixa de biscoitos.

— Por acaso a conhecia?

— Sim — Juliette consegue, por fim, responder. — Quer dizer, não. Ela tomava a mesma linha de metrô que eu pela manhã. É verdade que não a vi ontem, nem anteontem. Eu deveria ter imaginado... Deveria ter feito alguma coisa por ela...

Soliman aproxima-se das costas dela e, desajeitado, fricciona os ombros de Juliette. Estranhamente, a sua mão rude reconforta-a.

— Claro que não. Você não poderia fazer nada. Escute, sinto muito, sinto muito mesmo, sinto...

Juliette começa a rir de nervoso.

— Não precisa ficar se desculpando.

Recompõe-se, piscando para expulsar as lágrimas. O pequeno aposento parece ter encolhido ainda mais, como se as paredes de livros estivessem avançando. Impossível, claro. Assim como é impossível a curvatura que parece viva acima da sua cabeça — os exemplares da última fileira estão realmente debruçados na sua direção, as lombadas encadernadas prestes a sussurrar palavras de consolo?

Juliette balança a cabeça, levanta-se, escova a saia com a mão para limpar os farelos dos biscoitos. Achou-os muito moles, com um gosto estranho: canela demais, provavelmente. Ele mesmo nem comeu. As espirais de vapor que ainda se erguem da cafeteira — que emite, a intervalos regulares, um leve estalido — formam, diante do rosto do homem, um véu movediço que esmaece os seus traços. Fita-o discretamente, erguendo os olhos para em seguida desviá-los tão logo encontra os seus. Ainda bem que ele se levantou e parou atrás dela. Nunca viu, assim lhe parece, sobrancelhas tão negras, olhar tão triste, embora o sorriso constante amenize o formato cerrado dos lábios. O rosto evoca, ao mesmo tempo, a tormenta, a vitória, a derrocada. Que idade terá?

— Tenho mesmo que ir embora — diz, mais para se persuadir do que para comunicar.

— Mas voltará.

Não é uma pergunta. Ele entrega o pacote de livros que amarrou com uma tira de pano. "Como no passado", pensa Juliette, "os livros escolares carregados nas costas pelos estudantes, fardo rígido e sacolejante." Não fica surpresa: não o imaginaria usando sacolas plásticas.

— Sim, voltarei.

Enfiando os livros debaixo do braço, dá-lhe as costas e caminha na direção da porta. Para com a mão na maçaneta.

— Costuma ler romances, digamos, românticos? — pergunta, sem se voltar.

— Vou surpreendê-la — responde ele. — Leio, sim. De vez em quando.

— O que acontece na página 247?

Passa-se um tempo; ele parece refletir em busca da resposta. Ou talvez busque uma recordação. Em seguida, diz:

— Na página 247, tudo parece perdido. É o melhor momento, sabe?

6

De pé no vagão lotado, Juliette sente a sacola a tiracolo machucá-la bem entre as costelas e o quadril, no lado esquerdo.
Os livros, pensa, tentam infiltrar-se nela com os seus múltiplos ângulos, cada um empurrando o outro para ser o primeiro, animaizinhos cativos e obstinados, e, naquela manhã, quase hostis.

Ela sabe o motivo. Ao chegar em casa na véspera, decidiu telefonar para a imobiliária avisando que não estava se sentindo bem — "não, não, nada grave, uma indisposição, nada que um dia de repouso não cure" —, enfiou os livros de qualquer jeito na sacola grande das terças-feiras, a das compras, fechou o zíper e deixou-a ao lado da porta de entrada, com o guarda-chuva em cima, pois o serviço de meteorologia anunciara dias tristonhos para a semana inteira. Depois ligou a TV, colocou bem alto o volume e comeu uma lasanha congelada, aquecida no micro-ondas, assistindo primeiro a um documentário sobre os gansos-patola e a outro dedicado a uma estrela decadente do rock. Precisava dos barulhos do mundo interpondo-se entre ela e o depósito entulhado de livros, entre ela e a hora que vivera no cômodo minúsculo; não, minúsculo não, mas invadido, aquele escritório onde o espaço ainda vazio parecia ter sido construído de dentro para fora, volume por volume, arrumados na estante, empilhados entre os pés de uma mesa, encostados numa poltrona ou nas prateleiras de uma geladeira com defeito, aberta e morna.

O que ela trouxe daquele cômodo subtraiu da vista, dos sentidos, senão da memória; com a boca inundada do sabor quase açucarado, artificial, do molho à bolonhesa industrial, os tímpanos saturados de música, de exclamações, de cantos de pássaros, de confidências e análises, de falatório, Juliette começou a tomar pé do familiar, da banalidade, do passo em falso, do quase suportável, da vida, ora, a única vida que conhecia.

E, agora de manhã, os livros estavam sentindo raiva dela por tê-los ignorado.

Que ideia idiota.

— Nossa — resmunga o vizinho de assento, um homenzinho espremido numa parca de estampa de camuflagem —, esse negócio aí tá me incomodando. O que você está carregando nessa sacola?

Com o olhar na altura do crânio dele, onde uma calvície rosada e reluzente começava a surgir entre as mechas besuntadas de pomada capilar, Juliette responde automaticamente:

— Livros.

— Na sua idade? Devo estar sonhando. Preste atenção, não estou criticando, é bom ler, mas não seria melhor...?

Ela não ouve o final da frase. A composição acaba de parar com um solavanco; as portas se abrem; o rabugento, arrastado pela massa de corpos em movimento, já desapareceu e foi substituído por uma mulher alta e magra, vestindo uma capa de chuva amarrotada. Embora esbarre durante todo o trajeto nos livros, que parecem ter se organizado por conta própria para oferecer o máximo de pontas ao menor contato, ela não reclama. A situação chateia Juliette, por isso ela se mexe o mínimo possível, mas nada no rosto visto de perfil sugere o menor incômodo; apenas um pesado cansaço, volumoso como uma carapaça incrustada e reforçada pelo tempo.

Enfim Juliette chega à sua estação, esgueira-se em meio ao fluxo de passageiros subindo e descendo as escadas, tropeça, recupera o equilíbrio na calçada, procura com o olhar a vitrine da imobiliária, os retângulos brancos emoldurados por um tom laranja berrante com anúncios expostos, e corre até a porta.

É a primeira a chegar. Assim, pode livrar-se da sacola escondida debaixo do casaco e enfiá-la no armário metálico no qual as duas funcionárias guardam os pertences. Fecha a porta com desnecessária violência e senta-se à mesa, onde uma pilha de propostas incompletas e um bilhete com a escrita desordenada de Chloé a aguardam: *Já tá melhor? Tô em visita now, vô direto pro apê feio da rua G. Beijos!*

"O apê feio da rua G" significa uma demorada, demoradíssima visita. Dos cinquenta metros quadrados, todo — ou quase todo — o espaço é devorado por um corredor e um banheiro inutilmente grande, contendo uma banheira com patas de leão consumidas pela ferrugem. Chloé transformou a venda do apartamento em um desafio pessoal. Juliette ouviu, alguns dias antes, Chloé elaborar o seu plano de ataque, enumerando com entusiasmo as vantagens de uma banheira em plena Paris.

"Se for um casal, o aposento vai despertar a libido deles. Preciso que se imaginem juntos dentro da banheira cheia de espuma, e com óleos essenciais para massagear os pés."

"E a ferrugem? E o azulejo rachado do piso? Não vejo muito glamour nisso", rebateu Juliette.

"Vou levar para lá o velho tapete chinês da minha avó. Fica guardado no porão; mamãe nem vai saber que não está mais lá. E uma planta. Eles vão se imaginar num jardim de inverno, entende, como naquele livro que você me emprestou... Que livro chato, páginas e mais páginas... Nem consegui terminar, mas tinha aquele negócio bacana cheio de flores e poltronas de vime..."

Sim, Juliette entendia. O livro é *La Curée* [O padre] de Zola, e Chloé devolveu-o com o seguinte comentário: "Fazem drama por nada!" Contudo, aparentemente, apreciou a sedução fatal da cena na qual Renée Saccard entrega-se ao jovem enteado na estufa, onde pairam os inebriantes perfumes de flores raras ali reunidas como testemunho da fortuna e do bom gosto do marido.

"Você deveria ter ido ao curso de *home staging*", prosseguiu Chloé, condescendente. "Foi superinteressante. É preciso dar vida aos apês, sacou? A vida que as pessoas têm vontade de ter. É preciso levar elas a pensar, ao entrarem: 'se eu me mudar para cá ficarei mais forte, mais importante, mais popular. Obterei a promoção que desejo há dois anos e que não pedi por medo de ouvir um não, de levar um fora; ganharei um aumento de salário de quinhentos euros, convidarei aquela gata que trabalha no pub para sair e ela aceitará'."

"Você vende ilusões aos compradores…"

"Nada disso; vendo sonhos. E os ajudo a se projetarem num futuro melhor", concluiu Chloé, em tom pomposo.

"Pare de repetir o que aprendeu no curso!", exclamou Juliette. "Você acredita mesmo nisso?"

Emburrada, Chloé encarou a colega.

"Claro. Desde que eu ganhe o meu bônus. Como você pode ser tão baixo-astral…"

O telefone toca. É Chloé:

— Traz um livro pra mim. Sei que tem um monte na gaveta da sua mesa. Eu já vi — dispara em tom de acusação.

— Que gênero de livro? — pergunta Juliette, meio desnorteada. — E por que você…?

— Qualquer um. É para a mesinha que vou colocar ao lado da banheira. Assim, vai dar para esconder um pouco a ferrugem. Ah, e também vou colocar um abajur tipo vintage com uma franja de pérolas; tem mulher que adora ler no banho, sei lá, acho eu. Dá logo para ver o clima.

— Eu achava que queria sugerir brincadeiras eróticas na banheira.

— O carinha dela não vai estar sempre aqui. E depois, de vez em quando, é bom respirar um pouco.

— Bem, se é você quem está dizendo, eu acredito — responde Juliette, brincalhona.

Chloé coleciona transas de uma noite apenas, lamenta cada final de semana de celibato como sendo uma tragédia, e com toda certeza jamais teria a ideia de convidar Proust ou Faulkner para compartilhar com ela um banho de espuma.

— Vou pensar no seu caso — diz Juliette, antes de desligar.

Chloé viu certinho: a última gaveta da mesa da colega, a mais funda — pouco prática, portanto, para guardar em ordem as propostas —, está abarrotada de edições de bolso, tipo pocket, vestígios de quatro anos de trajetos casa-trabalho, livros em que pôs entre as páginas, ao acaso, em meio às leituras interrompidas, entradas de cinema ou recibos de lavanderia, o *flyer* de um pizzaiolo, programas de concertos, páginas arrancadas de agendas onde rabiscou listas de compras e números de telefone.

Quando puxa a alça de metal, a gaveta pesada sai dos trilhos com um rangido e emborca bruscamente fazendo cerca de meia dúzia de livros caírem no chão. Juliette pega-os e senta-se de novo para colocá-los ao lado do teclado do seu computador. Inútil revirar a gaveta, o primeiro título que vê dará conta do recado. "Título" é a palavra apropriada. Porque Chloé só lerá mesmo o título.

O título. Isso. O título é importante. Alguém leria no banho *La Démangeaison [A coceira]*, de Lorette Nobécourt, um livro que só de segurar ainda faz a sua pele se lembrar do sorrateiro formigamento que começou na omoplata esquerda, subiu até o ombro, e pronto, ela desatou a se coçar toda, a ponto de se ferir? Não, obviamente não é uma boa ideia. No entanto, não conseguiu largar o livro quando iniciou a leitura. Por isso mesmo é uma péssima ideia:

a água correrá o risco de esfriar. Precisa de algo delicado, reconfortante, envolvente. E de certa dose de mistério. Contos? *O Horla* de Maupassant, o diário inacabado de um homem tomado pela loucura e levado ao suicídio? Juliette imagina a leitora imersa na espuma até os ombros erguendo a cabeça e, ansiosa, escrutinando o corredor sombrio pela porta entreaberta... Dessa escuridão irromperão então os espectros e os temores infantis tão cuidadosamente reprimidos anos a fio e todo o seu cortejo de angústias... Apavorada, a jovem ficará de pé na água do banho, sairá da banheira, escorregará no sabonete — como lady Cora Crawley em *Downton Abbey* —, talvez quebre o pescoço no tombo e...

Não.

Insatisfeita, afasta a coletânea de contos, o primeiro tomo de *Em busca do tempo perdido*, vários romances policiais com capas esmaecidas, um ensaio sobre o sofrimento no trabalho, uma biografia de Stalin (por que comprou aquilo?), um manual de conversação, dois densos romances russos compostos em corpo 10 e entrelinha apertada (ilegível!), e suspira. A escolha não será tão fácil assim...

Não lhe resta outra opção senão esvaziar a gaveta e recolocá-la nos trilhos. Encontrará alguma coisa. Um livro inofensivo, incapaz de provocar a menor catástrofe.

A menos que...

Com a palma da mão, empurra os livros, que caem de qualquer jeito no que, é preciso confessar, parece um túmulo. Em seguida, fecha a gaveta. É triste, sabe, mas não quer, por enquanto, prolongar aquela emoção difusa e desagradável.

Tem uma missão a cumprir.

Levanta-se, contorna a mesa e abre o armário.

A sacola continua lá. Por que passou pela sua cabeça, mesmo que por um breve segundo, a possibilidade de ter desaparecido?

Abaixa-se, pega-a e, instintivamente, aperta-a contra o peito.

A ponta de um livro tenta inserir-se entre as suas costelas.

Será aquele, pensa então, com uma certeza jamais experimentada.

7

"É o primeiro, o meu primeiro livro na função de mensageira", reflete Juliette apalpando, através do tecido grosso da sacola, o volume escolhido — mas realmente o escolheu? Já está infringindo as regras: não sabe o título da obra, não sabe que mão o pegará para virá-lo e, quem sabe, ler a contracapa, não seguiu nem estudou o seu alvo, não meditou quanto ao momento do encontro, nem premeditou, com o cuidado que Soliman considera indispensável, que livro entregar ao seu leitor ou leitora.

Uma leitora. Só poderá ser uma leitora. Homens não leem no banheiro, estão sempre apressados, e o único meio de os deixar tranquilos é acomodando-os num sofá para assistir a uma partida da Liga dos Campeões. Ao menos é o que deduz Juliette, considerando o comportamento dos seus três últimos namorados.

— Eu sei — diz em voz alta. — Estou generalizando. É por isso que acabo sempre me dando mal.

Está generalizando de novo. Mas tem de admitir a sua tendência a tirar conclusões precipitadas, em geral otimistas, a partir de algum mínimo detalhe que lhe agrade: os óculos de aro de metal de um, as mãos em concha de outro, estendidas para receber um filhotinho de cachorro ou um bebê, a mecha de cabelo caindo sem parar sobre a testa de um terceiro, escondendo os seus olhos muito azuis... Nessas minúsculas particularidades, acredita ler a inteligência, a ternura, o humor, a segurança ou uma fantasia da qual ela própria se acredita desprovida.

Juliette mergulha a mão na sacola, o cenho franzido, enquanto prossegue com o monólogo. Joseph tinha ombros largos por baixo dos pulôveres de lã grossa de que gostava, mas a sua força se reduzia à capacidade de quebrar nozes com o punho; Emmanuel compadecia-se dos passarinhos fulminados pelos fios de alta tensão, mas não telefonava para saber dela quando ficava gripada; Romain não tolerava brincadeiras e, no restaurante, dividia a conta com uma obsessão maníaca — até mesmo os centavos.

Apaixonou-se, ou assim acreditava, o que dava no mesmo, por todos eles. Está sozinha há seis meses. No começo, achou que não suportaria a solidão, mas agora surpreende-se gostando da liberdade — essa liberdade que tanto medo lhe causava.

— Eles sempre podem acabar saindo correndo — resmunga, acariciando o livro escolhido, ou melhor, o livro que, na verdade, se impôs.

Ela não sabe a quem se dirige. Mais uma generalização. Com certeza.

O livro é denso, volumoso, considera apalpando-o. Ponto a favor. Juliette recua devagar, os olhos fixos na capa quase negra, em cujo centro avistam-se as ruínas imprecisas de uma mansão inglesa.

Daphne Du Maurier. *Rebecca*.

— Eles vão assinar a promessa de compra e venda!

Chloé atira a bolsa na mesa, volta-se para Juliette e aponta-lhe o dedo, simulando uma falsa acusação:

— A garota ficou fissurada no seu romance. Que sorte, afinal já estava dando pra trás. Melhor nem contar a visita à sala de estar, sem falar da cozinha. Mas quando chegou no banheiro, de repente...

Ela imita a cara de deslumbramento, erguendo as sobrancelhas, os olhos arregalados e boquiaberta.

— Imagina só a cena: ela entra no banheiro... ah, primeiro eu preciso dizer que eu montei o cenário completo: a luz intimista, o vaso de planta, uma toalha de banho branquinha dobrada nas costas da chaise longue e... Não dava pra ver a ferrugem, as manchas de umidade, nadinha. Ele começa a dizer que é loucura, "esse lugar no meio do nada", mas ela nem escuta, vai se aproximando da banheira, e aí...

Chloé saltita, os punhos cerrados, e recomeça, entusiasmada:

— Nunca vi nada igual! Ela apanha o livro, começa a folhear e diz: "Ah, *Rebecca*, mamãe adorava esse filme antigo com... com quem mesmo? Grace Kelly? Não, Joan Fontaine..." E inicia a leitura. Levou um bom tempo, eu mal ousava respirar. Ele diz: "Acho que já vimos o bastante", e ela: "Poderíamos fazer um closet", e sorrindo, te juro, pergunta: "Este livro é seu? Posso ficar com ele?" E aí ela se planta na frente do espelho — um espelho barroco divino que encontrei na lojinha da ONG Emaús no final de semana passado — ajeita um pouco os cabelos assim (Chloé imita o gesto, os lábios se abrem, Juliette vê os cílios baterem, o rosto suavizar, modificar, marcado por uma melancolia que não tem nada a ver com ela e que parece ocultar os traços risonhos como uma máscara de teatro japonês ou venesiana de carnaval), aí ela se volta para ele e diz com uma voz bizarra: "Vamos ser felizes aqui... Você vai ver."

A imobiliária fecha às 18h30. À meia-noite, Juliette continua sentada no assoalho cujos tacos há muito perderam a camada de sinteco e mostram largas riscas de rejunte cinzento. A reforma dessa sala, onde os clientes jamais põem os pés — as garotas usam a mesa de acrílico, onde se revezam durante o dia, sorrindo com ar afável sob a luz de spots embutidos —, foi descartada desde a Festa de Reis, três anos antes, quando o sr. Bernard entornou a garrafa de sidra *brut*, vencedora do prêmio na categoria, na estreita passagem que leva à janela. O líquido borbulhante escorreu pelas ranhuras da madeira, deixando um halo amarelado. Juliette instalou-se sobre essa mancha seca, as pernas cruzadas, os livros em leque à sua frente.

Dezessete. Contou-os um a um. Segurou-os, sentindo o peso, folheando as páginas. Cheirou as dobras de papel, pescando aqui e acolá frases, parágrafos por vezes incompletos, palavras apetitosas como bombons ou cortantes como lâminas: ... *perto do fogo, uma cama sobre a qual ele jogou peles de ovelhas e de cabras. Ulisses ali se deitou. Eumeu cobriu-o com um manto pesado e grande que deixava por perto para vestir quando o frio intenso e cruel invadia... Meu rosto era uma campina sobre a qual reverberava um tropel de búfalos... Ele olhava a fogueira à lenha, acima da qual rodopiava e dançava, prestes a morrer, a única chama que servia para cozinhar o almoço... Ela encontrou — o quê? — a eternidade... O mar se foi... Sim, pensou Rudy, os homens ambiciosos de pernas fortes plantadas firmes no chão, sem a menor flexão graciosa de joelho... Fumaça, crepúsculos multiplicados, a sede das horas, um luar parcimonioso, palavrório, vale, luz...*

Tantas palavras. Tantas histórias, personagens, paisagens, risos, lágrimas, decisões repentinas, medo e esperança.

Para quem?

8

Juliette localiza a rua, o portão enferrujado com a tinta azul descascada, o céu trancado entre os muros altos, e surpreende-se. Talvez considerasse um pouco mais normal se a rua tivesse desaparecido, um muro cego — uma parede sem janelas — se erguesse à sua frente, ou que o depósito, procurado em vão, tivesse sido substituído por uma farmácia ou por um supermercado anunciando, em cartazes amarelos ou verde fosforescentes, as promoções da semana.

Mas não. Espalma a mão direita no metal frio. Também a placa continua ali. E o livro. Pela fresta do portão passa um sopro de ar com cheiro de fumaça. Vira-se, espia as fachadas. Por que, naquele exato momento, receia ser observada? Terá medo de que a vejam entrar ali — de que a julguem? Naquele quarteirão adormecido, as pessoas devem vigiar com excessiva suspeita as idas e vindas dos vizinhos. E, sem sombra de dúvida, aquele lugar desperta curiosidade, para dizer o mínimo.

Não sabe o que teme. Mas é invadida por uma vaga inquietação. Dar livros a desconhecidos — desconhecidos escolhidos, espionados —, quem pode dedicar tempo a tal atividade? E mais, dedicar todo o seu tempo? Do que vive o pai da pequena Zaïde? Sai de vez em quando para trabalhar? A princípio, a palavra não evoca sequer uma imagem na sua mente. Não consegue imaginar Soliman atrás de um guichê de banco ou em um escritório de arquitetura, muito menos dentro de uma sala de aula ou em um supermercado. Por acaso fica trancado, guardando boa distância da luz do sol e da claridade da lua, naquele aposento atapetado de livros onde as luzes permanecem acesas noite e dia? Na verdade, ele pode trabalhar ali, desenvolver sites para a internet, fazer traduções, revisões como freelancer, ou redigir textos de catálogos, por exemplo. Tampouco o imagina desempenhando alguma dessas tarefas. Na realidade, não o vê como um ser real, comum, com necessidades materiais e vida social. E muito menos como pai.

Na verdade, nem como homem.

"Somos ensinados desde pequenos a desconfiar", pensa enquanto empurra o pesado portão que se abre devagar, como que de má vontade. "Ensinados a sempre esperar o pior. Dar livros às pessoas para elas se sentirem melhor — se entendi direito… Tenho certeza de que a dona da mercearia da esquina acha que Soliman é terrorista ou traficante. E que a polícia já veio aqui. Se fosse dentista, isso não passaria pela cabeça de ninguém. Lá estou eu pensando besteira de novo; todo mundo sabe disso. Talvez eu não leia o bastante, devo ter o cérebro atrofiado. Melhor seria eu… a propósito, eu o quê?"

O pátio está vazio; um pedaço de papel esvoaça debaixo dos primeiros degraus da escada metálica; a porta do escritório se encontra fechada. Nenhuma luz no interior. Decepcionada, Juliette hesita alguns segundos, considera a hipótese de dar meia-volta, porém, movida pela curiosidade, aproxima-se dos vidros manchados. O covil da fera sem a fera — a excitação do perigo sem o perigo. Por que faz essas comparações duvidosas? Adoraria dar uns tabefes em si mesma — é a hora certa e o lugar certo, ninguém conseguiria vê-la. Mas o gesto tem algo de infantil. Não pode deixar-se levar assim, não a tal ponto.

Mas, por que não?

Aproxima-se passo a passo. O silêncio é impressionante. Impossível, ou quase, acreditar que a alguns metros dali ecoa a cidade devoradora do tempo, da carne, dos sonhos; a cidade jamais saciada, jamais adormecida. Um bater de asas, acima da sua cabeça, assinala o pouso de um pombo sobre a balaustrada da galeria; um relógio com som estridente faz-se ouvir e soa oito badaladas. É manhã, mas poderia ser qualquer hora em qualquer lugar, pouco importa, em algum desses burgos de província que Balzac tanto gostava de descrever.

— Não fique aí parada. Entre.

Vinda do alto, a voz plana até ela causando-lhe um sobressalto. Embora não tenha colado o nariz nos vidros, é invadida pela sensação de ter sido surpreendida em flagrante delito de indiscrição.

— Já estou indo. Hoje não posso me demorar, estou com muito trabalho acumulado.

Ele já chegou — ao que tudo indica, move-se sem pisar no chão. Juliette sequer ouviu os seus passos na escada. E antes mesmo de vê-lo, sente o odor impregnado nas suas roupas, um odor de canela e laranja.

— Acabei de fazer um bolo para a Zaïde — conta. — Está um pouco enjoada.

Ele olha as mãos cobertas de farinha e, abrindo um sorriso de desculpas, esfrega-as nas calças pretas.

Afinal, é mesmo um pai. Mas... um bolo? Para uma menina enjoada?

— Se ela está com dor na barriga... — começa Juliette, em tom de desaprovação, antes de se interromper bruscamente, pois acredita ter ouvido a mãe e as avós falarem, em uníssono, pela sua boca.

O que tem a ver com isso?

Soliman gira o trinco da porta, que resiste na dobradiça enferrujada. Força a abertura com um empurrão de ombro.

— Tudo aqui está caindo aos pedaços — diz ele. — As paredes e o morador. Aliás, nós combinamos.

Por gentileza, Juliette deveria protestar, mas, no fundo, ele tem razão. Ela sorri. "Caindo aos pedaços..." Não deixa de ter um certo encanto a pedra da soleira arranhada e os sulcos que traçam curvas paralelas; o assoalho cinzento de tanta poeira; as janelas cujos vidros tremem ao menor sopro de vento; o teto perdido em meio à penumbra e os livros acumulados nos mínimos recantos. No entanto, o conjunto disparatado dá a impressão de solidez. Aquele lugar, que poderá sumir de um dia para o outro como uma miragem, será então transportado tal e qual através do tempo e do espaço para se reconstituir em outro lugar, sem que, no entanto, a porta pare de ranger e as pilhas de volumes desabem à passagem dos visitantes. Pode-se até tomar gosto por essa queda acolchoada, branda, pelo murmúrio das folhas pisadas, mas Soliman se precipita e, enquanto lhe indica uma cadeira vazia, pega, ajeita, afasta os livros com uma ternura inquieta.

— Já terminou? — pergunta afinal, sem fôlego, deixando-se cair na cadeira. — Conte para mim.

— Ah, não, não é isso. Eu...

Ele não a ouve.

— Conte-me — insiste. — Talvez eu tenha esquecido de avisar: eu anoto tudo.

Soliman espalma a mão sobre um grosso caderno de registros verde, gasto nas pontas. Juliette — que se sente mais uma vez escorregando em um... um o quê? outro país, outro tempo talvez? — fica absorta na contemplação daquela mão. Grande, dedos muito separados, recoberta por uma rala penugem castanha, das falanges até o pulso. Palpitante. Feito um animalzinho. As unhas aparadas, as pontas de um cinza fosco, um cinza de poeira, de poeira de livros, claro. De tinta transformada em pó, de palavras transformadas em cinzas e ali acumuladas, podendo, portanto, escapar, voar, ser absorvidas e talvez compreendidas?

— Tudo?

Dessa vez, a voz não exprime espanto nem desconfiança, mas... quem sabe... um deslumbramento de criança. Não. A palavra "deslumbramento" é forte, muito forte. Forte demais para a suspeita, a ironia, a indiferença. Forte demais para a sua vida cotidiana.

"Vou me levantar", decide Juliette, aturdida. "Vou sair e nunca mais voltar. Vou ao cinema, é isso, por que não? E depois vou comer sushi ou pizza, e voltar para casa, e…"

"E o quê? Fala sério, Juliette. Dormir? Aboletar-se no sofá na frente da TV e assistir a algum programa idiota? Ruminará, mais uma vez, a sua solidão?"

— Sim, tudo. Tudo o que decidir me contar. A história dos livros, entende? A maneira como vivem as pessoas que os tocam. Cada livro é um retrato e tem, no mínimo, dois rostos.

— Dois…?

— Sim. O rosto daquele — ou daquela, no seu caso — que o entrega. E o rosto daquele ou daquela que o recebe.

A mão de Soliman ergue-se, paira um instante acima de uma pilha menor que as outras.

— Esses aqui, por exemplo. Trouxeram para mim. Isso não acontece muitas vezes. Eu não escrevo o meu endereço nas folhas de rosto. Adoro saber que os livros se perdem, seguem caminhos por mim ignorados… depois da sua primeira passagem, da qual conservo um rastro, uma descrição.

Ele pega o volume que se encontra no topo da pilha sem abri-lo. Seus dedos deslizam ao longo da capa. Uma carícia. Sem querer, Juliette estremece.

"Ele nem é bonito."

— Foi a mulher de quem falei outro dia, a que você via no metrô, que passou este livro. Encontrei-o ontem preso no portão. Não sei quem o colocou ali. E isso me entristece.

9

Sob o efeito do vento leste, um vento forte que sopra intermitente desde a véspera, a composição oscila ligeiramente e, ao fechar os olhos, Juliette pode se imaginar a bordo de um navio levantando âncora, deixando o espelho d'água liso de um porto e rumando para alto-mar.

Ela precisa dessa imagem para se acalmar, para domar o tremor das mãos. O livro que mantém aberto à frente parece rígido, grande e pesado demais — muito espalhafatoso, para resumir.

Mas não é essa a sua intenção?

A capa dura protetora, confeccionada na véspera após fuçar, sem escrúpulos, o armário onde se guarda o material de escritório da imobiliária, usar e abusar da impressora a cores — a tal ponto ter sido necessário trocar duas vezes os cartuchos naquele mês, despesa que o sr. Bernard não verá com bons olhos —, e colocar as sobras de papel na sua cesta, para depois mudar de ideia e jogar tudo fora numa lixeira a três ruas dali, com um vago sentimento de culpa, não para de escorregar. Mais uma vez, força as dobras e, em seguida, apoia o volume sobre os joelhos. Diante de Juliette, um sujeito de uns trinta anos, terno cinturado e gravata estreita muito anos sessenta, para um instante de tamborilar no teclado do celular e a encara com ar de compaixão — um tanto ou quanto insistente demais para o seu gosto.

Disfarçadamente, Juliette observa os outros ocupantes do vagão. Não tem muita gente. Devido à greve do funcionalismo público, o metrô está operando em horário reduzido e os moradores dos arredores de Paris, pelo menos os que puderam, ficaram em casa. E, desta vez, ela está adiantada, muitíssimo adiantada, por sinal. Não são nem 7h30. Por que saiu tão cedo? Ah, claro: ficou com medo de não conseguir um lugar para se sentar. O livro que lê, ou finge ler, não é daqueles que conseguimos segurar com uma das mãos enquanto a outra agarra uma das barras nas laterais das portas automáticas.

Portanto, nenhum dos passageiros com quem costuma fazer o trajeto está se deslocando para o trabalho. Sente um certo alívio. Ninguém, com exceção do sujeito do celular, presta atenção nela. Aliás, ele se curva, o queixo para frente, as sobrancelhas levantadas numa mímica exagerada de estupefação.

— Vai ler mesmo tudo isso? É sério?

Ele dá uma risada estridente, curva-se um pouco mais e bate com a unha na capa do livro.

— Só pode ser brincadeira — acrescenta.

Juliette se dá ao trabalho de balançar a cabeça. Não, não é brincadeira. Mas não encontrou outro meio para atrair as suas presas em potencial — pensando bem, é bizarro utilizar esse tipo de vocabulário. Deduzir pela aparência um temperamento, os gostos, talvez os sonhos, e para estes sonhos escolher o alimento apropriado? Não, não se sente capacitada. Foi o que, certo dia, explicou a Soliman depois de uma briga.

Briga talvez seja uma palavra exagerada. Pode-se falar de "briga" quando se remexe na bolsa em busca — debaixo da escova de cabelo, do livro já iniciado faz um tempão, das chaves da imobiliária e do porão do prédio onde mora, do celular, de um bloco cheio de garranchos e de listas de tarefas nunca terminadas — de um lenço de papel já meio amarrotado porém limpo, para um homem que soluça abertamente?

Não, Juliette se corrige. "Agora é você que está escrevendo o romance, e exagerando."

Replay.

Juliette conta-lhe tudo, conforme exigido: o corredor curvo e o banheiro escuro, úmido e ridiculamente grande em comparação aos demais cômodos do apartamento, a banheira com patas de leão, as marcas de ferrugem, as ideias de Chloé e o seu curso de *home staging*, a planta, o biombo e, por fim, o livro. E o inesperado sucesso: os clientes já assinaram a promessa de compra e venda, não precisam de empréstimo, o pagamento será *cash*, até já contrataram um pedreiro para dar início às primeiras reformas. E eles parecem felicíssimos.

Soliman, que até então escutou o relato prestando a maior atenção, mas sem tomar qualquer nota, seca no rosto, com um gesto quase distraído, um risco brilhante — sem a luz crua emitida pela lâmpada, cuja cúpula verde do abajur foi retirada, ela não a teria visto, embora fosse impossível não notar a seguinte. E outras lágrimas tomam o mesmo rumo: doces, lentas, deslizando sobre a pele, transformando-se, ao contato da barba de uns dois dias, numa fina película que ele não tenta enxugar.

— Não estou entendendo — murmura Juliette. — Algum problema? Eu...

Mas claro que sim. Um problema, é óbvio. Como de costume, ela fez tudo errado.

Então vira o conteúdo da bolsa sobre a mesa à procura de um pacote de lenços de papel.

— Sinto muito. Sinto muito mesmo.

Nenhuma outra palavra lhe vem à mente.

— Sinto muito, sinto muito... — repete.

— Chega!

— Sinto mui... Entenda, eu não sou inteligente como aquela mulher, a que se matou. Ou como os outros, os seus mensageiros, eu não os conheço, não sei. Não consigo adivinhar o temperamento de alguém só de ficar olhando um e outro durante o trajeto do metrô. E não tenho condições de passar o dia inteiro seguindo as pessoas, senão perco o meu emprego. Então, como eu posso saber de qual livro precisam?

Ele assoa o nariz com força.

— É idiotice dizer isso — grasna.

— Até que enfim você entendeu...

E então começam a rir, gargalhadas sonoras, contagiantes, incontroláveis. Dobrados em dois, as mãos comprimidas entre os joelhos, Juliette e Soliman choram de tanto rir. Ele segura o pé do abajur com as mãos e, soluçando, acaba derrubando-o e, com isso, mergulhando o rosto numa sombra verde.

— Está... está... está parecendo... um zumbi — ela consegue articular antes de começar a se sacudir, os músculos das pernas agitados por espasmos.

Como é bom rir assim, com a boca escancarada, sem se preocupar com o ridículo uma vez na vida. Rir às gargalhadas, morrer de rir, enxugar a saliva que escorre no queixo, e recomeçar.

Ainda riem quando Zaïde irrompe no escritório, fechando a porta com muita cautela antes de virar o rosto e encará-los com uma expressão séria.

Ela também está abraçada a um livro — e as mãos, nota Juliette, que para no mesmo instante de rir, são réplicas das do pai, embora mais delicadas e menores. A mesma ternura e cuidado ao segurar a lombada do livro, a mesma gentileza. Cada unha rosada, quase carmim, é uma pequenina obra-prima.

Mas não é isso que prende a sua atenção.

O livro de Zaïde está coberto com uma cartolina grossa levemente ondulada, de um verde vivo, sobre o qual letras de feltro vermelhas foram cuidadosamente coladas — mesmo que o alinhamento deixe um pouco a desejar.

E as letras dizem:

Este livro é maravilhoso.
Ele vai tornar você mais inteligente.
Ele vai deixar você feliz.

10

— É brincadeira? — repete o sujeito de terno apertado demais.

Juliette ergue os olhos para o rosto hilário — pensando em Zaïde, tentando imitar a expressão grave e atenta que a surpreendeu nos traços da menina — e responde:

— De jeito nenhum.

— Por acaso, você faz parte de... de um... um grupo, enfim, de algum tipo de seita, é isso?

Essa palavra faz nascer na mente de Juliette um leve tremor de receio, como se uma pena de filamentos afiados a tocasse de leve, somente o bastante para deixá-la de sobreaviso.

Uma seita. Não foi o que pensou ao voltar ao depósito? Talvez mesmo na primeira vez em que lá entrou? Uma seita, uma espécie de prisão sem grades nem ferrolhos, alguma coisa que se cola à pele, se insinua, obtém o seu consentimento, nem é forçado, não, ao contrário, é concedido de boa vontade, em meio ao entusiasmo, com a impressão de finalmente ter encontrado uma família, um objetivo, algo sólido que não irá se desintegrar ou mesmo desaparecer, certezas claras, simples — como as palavras recortadas letra por letra e coladas por Zaïde na capa do seu livro, ou melhor, dos seus livros, de todos aqueles que ela ama, como ressaltou e explicou:

"Porque demora muito pra dizer por que a gente gosta de um livro. E comigo isso não acontece sempre. Mas tem vezes, quando eu leio alguns, que me sinto... é isso. Umas coisas remexem aqui dentro. Mas não dá pra mostrar. Então, assim, já está dito, e as pessoas só precisam tentar."

Então, lançou um olhar quase arrogante para o pai.

"Eu não corro atrás de ninguém. Quer dizer, estou falando de correr mesmo; tem gente que nem se mexe."

Soliman estendeu a mão em cima da escrivaninha.

"Entendo o que está querendo dizer, meu amor."

A voz estava bem calma, a pálpebra direita agitada por um tique, um ínfimo tremor. Zaïde enrubesceu, e Juliette não pôde se impedir de admirar o espetáculo, aquela lenta infusão de sangue sob a pele morena, do pescoço às maçãs do rosto, os cantos dos olhos que logo se encheram de lágrimas.

"Desculpe, papai. Eu sou malvada. Eu sou malvada!"

E a menina deu as costas, fugindo cabisbaixa, o livro apertado nos braços.

— Não — responde Juliette com firmeza, uma firmeza que a surpreende —, não faço parte de uma seita. Gosto de livros, só isso.

Ela poderia ter acrescentado: *nem sempre gosto de gente*. É o que pensa naquele instante ao fitar a boca de onde saem dentes incisivos amarelados, separados, "dentes da felicidade", como dizem os franceses, aquele ar de saúde à moda antiga, gordo, corado, satisfeito consigo mesmo e um tanto ou quanto condescendente. Chloé logo o rotularia sem pensar duas vezes: "O sujeito é um porco, sai fora dele."

— Quer o livro? — continua.

A desconfiança logo substitui o sorriso confiante no rosto de boneco do seu interlocutor.

— Ah, não, não estou interessado. Além do mais, não tenho dinheiro trocado e...

— Eu não quero vender o livro. É para dar.

— Quer dizer que é de graça?

Ele parece perplexo. E subitamente ávido. Demonstrando nervosismo, passa a língua sobre os lábios grossos, olha de um lado para o outro, curva-se um pouco mais na direção dela. O cheiro de loção pós-barba infesta o ar, obrigando Juliette a prender a respiração.

— Uma armadilha — decide o homem, de repente fechando os punhos sobre as coxas. — Esse negócio de oferecer coisas grátis é sempre uma armadilha. Vai pedir o meu endereço de e-mail e vou passar a receber spams até o final do século.

— Já estará morto ao final do século — observa Juliette, com voz meiga. — E não quero o seu e-mail. Nem pensar! Eu lhe dou o livro, desço na próxima estação e pode me esquecer.

Ela fecha o volume e o aperta entre as palmas unidas, erguendo-as na direção dele.

— Não quero nada em troca. É grá-tis — repete, separando as sílabas como que falando com uma criança abobada.

— Grá-tis — repete o homem.

Ele parece chocado. Quase assustado. Por fim, estende as mãos e pega o livro. O ar frio percorre as palmas de Juliette quando o trem chega à estação.

— Adeus.

Ele não responde. Ela se levanta, coloca a bolsa a tiracolo e segue até a porta, caminhando logo atrás da mulher que carrega um bebê enrolado numa echarpe comprida. Por cima do ombro da mãe, dois olhinhos pretos a fitam, rentes ao gorro com três pompons em cima, um vermelho, um amarelo e um lilás.

— Oi — diz Juliette, enternecida.

As crianças dos outros sempre a enternecem, mas as mães a assustam — confiantes demais, competentes demais, o oposto de como ela se vê.

O narizinho franze, os olhos mal piscam. Aquele olhar. Como é possível aguentar o dia inteiro aquela interrogação constante: Por quê? Por quê? Por quê? Aquela curiosidade inesgotável. Aqueles olhinhos abertos como bocas famintas.

E a raiva, talvez, de ter sido posto no mundo. *Neste* mundo.

Já na plataforma, ela dá alguns passos, se vira e olha para o vagão. O sujeito continua examinando o livro fechado. Espalma uma das mãos na capa. Terá medo de o livro se abrir sozinho? Que dele saiam monstros ou utopias, alguma coisa muito antiga, perigosa, violenta? Ou nova demais para ser enfrentada?

Juliette observa-o, enquanto o metrô começa a partir, ainda debruçado sobre os joelhos, imóvel. Observa o seu perfil. Sua nuca grossa com arranhões da máquina de cortar cabelo. Um homem.

Um leitor?

11

— Afinal, vai ou não vai me contar o que anda aprontando?
De braços cruzados, Chloé se planta em frente à mesa de Juliette. Toda a sua atitude deixa clara a intenção de não se mover até obter uma explicação.

— Do que está falando?

Vã tentativa de ganhar tempo — Juliette tem plena consciência disso. Alguns segundos. Poucos, pois a colega logo explica:

— Desses livros entulhados dentro da sua gaveta. De todas essas cartolinas. Vivo encontrando tiras nas cestas de papel.

Juliette tenta mais uma vez mudar de assunto.

— Eu pensei que o lixo fosse retirado toda noite...

Com um gesto seco, um golpe com a lateral da mão cortando o ar, Chloé expressa que não é essa a questão.

— Estou esperando.

E como Juliette continua sem responder, irrita-se:

— Quer fazer mais vendas do que eu, é isso? Você aperfeiçoou a jogada?

— Que jogada? — indaga Juliette, embora saiba muito bem a que a colega está se referindo.

— O *home staging*. A jogada do livro na borda da banheira. A ideia foi minha, não se esqueça. Você não tem o direito de usar a minha ideia.

Chloé está irreconhecível, as narinas contraídas, lívida, mas com duas manchas nas maçãs do rosto como se tivesse passado às pressas um blush escuro demais. Os dedos crispam-se na carne quase flácida dos braços, onde as unhas bem-feitas e pintadas cravam minúsculas meias-luas vermelhas como camarões. Juliette estuda a colega meticulosamente, do mesmo modo que estudaria o rosto de uma desconhecida cuja máscara de beleza de repente sumiu, tomada pela angústia e pela raiva, e acredita vê-la tal como será daqui a trinta anos, quando a vida já terá cavado nos seus traços as marcas daquela raiva e daquela angústia, aprofundando-as e imprimindo-as, indeléveis.

Feia.

Amarga.

Patética.

— Poxa, Chloé!

Sente vontade de chorar. Vontade de se levantar, abraçá-la e acalentá-la na tentativa de livrá-la da aflição que a atormenta e que ela, Juliette, ignora — e quem sabe até a própria Chloé.

— Já avisei.

Chloé dá meia-volta e caminha para a sua mesa de trabalho, para as suas guirlandas coloridas de Post-its colados ao pé da luminária, para o seu computador enfeitado com orelhas de coelho cor-de-rosa-algodão-doce — presente de um cliente a fim dela, segundo afirmou no dia em que as instalou, novas e eretas. O rosa desbotou, a pelúcia está empoeirada e as orelhas, semelhantes a folhas de lírio murchas, pendem sobre a tela projetando uma sombra comprida.

Chloé caminha como um personagem chegando ao front nos filmes de guerra dos anos cinquenta, observa Juliette, com grandes passadas, determinação forçada, um entusiasmo inspirado pelo perigo e pela perspectiva de fracasso. Acredita numa rivalidade puramente imaginária e a vivencia como uma batalha a ser vencida a qualquer custo.

Com um nó na garganta, Juliette baixa a cabeça para a proposta aberta à sua frente. Faz algum tempo, tem a sensação de que a vida lhe escapa, milhares de grãos de areia escorrendo de uma fenda quase invisível, arrastando com eles milhares de imagens, cores, odores, arranhões e carícias, cem mínimas decepções e talvez outro tanto de consolos... Aliás, nunca gostou da sua vida, tendo passado de uma infância tediosa a uma adolescência retraída, até descobrir, aos dezenove anos, pelos olhares lançados na sua direção, que talvez fosse bonita — quem sabe? Em certos dias. E que tem, como sussurrou o seu primeiro namorado determinada noite em que ambos beberam um pouco além da conta, uma graciosidade, um encanto, algo de bailarina, algo capaz de fazer acreditar na leveza das horas, à margem dos dramas e da perfídia sempre crescentes nos tempos atuais.

Mas Juliette não se sente à altura de endossar esse personagem. Conforme o provou ao terminar com Gabriel, que continuou a beber além da conta sozinho e a buscar de bar em bar uma mulher, ou melhor, um mito cujas virtudes etéreas tornassem suportável a sua existência. Conforme o provou colecionando deprimidos, agressivos, chatos, fracassados ávidos por catástrofes pessoais e reveses sucessivos. Ela procurou essas vítimas complacentes e depois fugiu, observando-as mergulharem num desespero exaltado do mesmo modo que observa as aranhas que, a contragosto, afoga na banheira. A leveza e a graça das bailarinas, ela? Como as bailarinas rodopiando nos pés torturados, os dedos dos pés ensanguentados, mas exibindo um sorriso nos lábios? Essa comparação lhe parece presunçosa; ela não é tão vaidosa assim, não pretende sublimar, mesmo ao custo de sofrimentos calculados, a monotonia do cotidiano, a sua mesquinhez, os belos sonhos não concretizados e as ilusões perdidas, todas as tristezas luxuosas, como se diz por vezes ao comparar a sua existência, limitada mas confortável, às aflições reais que roça apenas com o olhar.

Tristezas luxuosas, pequeninas alegrias. As rotineiras: de manhã, quando o café está gostoso, experimenta uma vaga gratidão; ou quando a chuva anunciada para a semana inteira só cai à noite. Quando o telejornal não despeja um punhado de mortes e atrocidades; quando consegue tirar da blusa preferida a mancha de *pesto rosso* que Chloé proclamou ser impossível; quando o último filme do Woody Allen é mesmo bom...

E também há os livros. Amontoados em duas fileiras na estante da sala; em pilhas de cada lado da cama; sob os pés de duas mesinhas herdadas da avó, a avó dos vaga-lumes, a que passou a vida inteira numa aldeia no alto da montanha, numa casa de muros escuros como lava cristalizada; livros também na bancada do banheiro, entre os produtos de beleza e o estoque de rolos de papel higiênico; livros numa das prateleiras do armário do banheiro e dentro de uma cestona quadrada de roupa suja cujos puxadores cederam faz séculos; livros na cozinha, ao lado da única pilha de pratos; uma coluna de livros na entrada, atrás do cabideiro. Passiva, Juliette assiste à progressiva invasão do seu espaço, sem opor resistência, mudando apenas algum livro para a gaveta da mesa quando tropeça três vezes seguidas no mesmo, caído da pilha ou da estante, o que significa, segundo ela, que ele quer deixá-la ou, na melhor das hipóteses, já está de saco cheio do apartamento.

Aos domingos, Juliette faz a ronda nos brechós, pois morre de tristeza ao ver as caixas onde livros velhos foram jogados com desleixo, quase com nojo, e que ninguém compra. As pessoas vão a tais lugares em busca de roupas usadas, bibelôs vintage e eletrodomésticos ainda funcionando. Os livros não interessam a ninguém. Então, ela os compra, abarrota a sacola grande de compras com tomos incompletos, livros de culinária ou de bricolagem e romances policiais eróticos de que não gosta, apenas para segurá-los, dar a eles um pouco de atenção.

Certo dia, entrou em um sebo minúsculo, espremido entre uma farmácia e uma igreja, numa praça de Bruxelas. Era um final de semana chuvoso, melancólico. Os turistas haviam abandonado a cidade depois dos atentados. Ela visitou, praticamente sozinha, o Museu Real, onde um tesouro de quadros holandeses dorme sob altos vitrais de onde se derrama uma luz avara. Em seguida, sentindo necessidade de se esquentar, passou na porta de vários cafés, sonhando com uma xícara de chocolate quente, e acabou diante de uma escada de três degraus carcomidos pelo desgaste. Foi atraída pela caixa de saldos colocada sobre um banco de jardim em cujo encosto se encontrava preso um enorme guarda-chuva vermelho. Mas como a caixa só continha livros em holandês, ela subiu os degraus, girou a maçaneta com fecho tranqueta em estilo antigo e empurrou a porta. Sentiu-se em terreno familiar em meio àquelas pilhas, àquela poeirada de papel, àquele perfume de encadernações antigas. No fundo da loja, o homem sentado atrás de uma mesinha mal levantou a cabeça do livro que estava lendo quando a sineta tiniu. Já havia circulado um bom tempo entre os livros, folheado um tratado de medicina do século 19, um manual de economia doméstica, um método para ensinar latim como língua viva, vários romances antigos de Paul Bourget, um autor aparentemente bastante contrário ao divórcio, um álbum dedicado às borboletas do Brasil e, enfim, um volume fino, de capa branca, com o seguinte título em espanhol: *Poesía vertical*. Ao abri-lo, perguntou-se: "Vertical, ora, por quê? Afinal, as linhas dos poemas não são horizontais como todas as outras? Sim, mas a diagramação... dá uma certa impressão de..."

O poeta se chama Roberto Juarroz. O livro se abriu numa página qualquer, e ela leu:

> *Quando o mundo se reduz*
> *como se mal passasse de um filamento*
> *nossas mãos inábeis*
> *nada mais podem reter.*
>
> *Não nos ensinaram*
> *O único exercício que poderia nos salvar:*
> *Aprender a nos mantermos fortes como uma sombra.*

Juliette leu e releu o poema, sem se preocupar com os minutos transcorridos. Permaneceu imóvel, o livro aberto entre as mãos, enquanto lá fora a garoa se transformava em tempestade e rajadas fortes de chuva batiam na porta envidraçada fazendo-a tremer nas dobradiças. No fundo da loja, o livreiro não passava de uma sombra recurvada, silenciosa, um dorso feito usando-se a técnica de grisalha. Talvez não se movesse fazia séculos, desde a construção da casa em 1758, de acordo com a inscrição gravada no seu frontão de pedra tão branco ao lado do vermelho-escuro dos tijolos.

Até que disse:

"Seu guarda-chuva."

Juliette sobressaltou-se.

"Meu guarda-chuva?"

"Ele está molhando os livros da caixa aí perto dos seus pés. Pode colocá-lo ao lado da porta, e assim você ficará mais à vontade."

Não era uma censura, mas um convite. Entretanto, fechara o livro e avançara na direção dele, talvez um tanto ou quanto apressada demais.

"Vou levar este", disse, estendendo-lhe o livro de poemas.

"Juarroz", murmurou o vendedor.

Ele pegou o livro entre as mãos e aproximou a borda do rosto, fechando os olhos e sorrindo, ao estilo de um sommelier cheirando a rolha de um *grand cru* recém-aberto.

"Esse velho Juarroz…"

Deslizou o polegar ao longo do volume, subindo lentamente na direção do alto de uma página com um gesto no qual, perturbada, Juliette percebeu sensualidade e até amor: depois prendeu-a entre dois dedos, virando-a com a mesmíssima lentidão compenetrada, enquanto os lábios se moviam. Por fim, ergueu a cabeça, oferecendo assim à garota, pela primeira vez, o olhar doce, os olhos enormes por trás das lentes convexas dos óculos.

"Sempre encontrei uma certa dificuldade de me separar deles", confessou. "Preciso me despedir… Entende?"

"Sim, entendo", murmurou Juliette.

"Cuide bem dele."

"Prometo", sussurrou, perplexa.

Ao sair da loja, deu três passos e depois se voltou com um movimento brusco na direção da fachada de pintura descascada que tantos tesouros guardava. Uma rajada inclinou o guarda-chuva vermelho, e ele pareceu acenar um adeus, ou proferir uma última recomendação.

Um aceno de adeus. Juliette olha ao redor. O escritório mal iluminado, os vidros opacos de sujeira abrindo para o pátio dos fundos, os anúncios desbotados na parede e Chloé, que acaba de virar o seu monitor de modo a que a colega não possa captar olhares; Chloé e os seus penteados esquisitos, as suas saias curtas esvoaçantes, o seu bom humor diário que soa tão falso. Chloé e o seu riso que acaba de se transformar em ricto. Chloé e as suas ambições. Chloé e os seus cálculos, Chloé e a sua profunda e amarga pobreza de espírito.

Atrás de Juliette, aquela parede amarelo-urina, que ela é incapaz de olhar sem crispar os dedos dos pés. E, do outro lado da porta, o sr. Bernard degustando, em pequenos goles, uma bebida quente na xícara herdada da mãe. Mais longe ainda, além da fachada, a rua, os carros passando sobre o calçamento molhado com um suave chapinhar, as outras lojas e centenas, centenas não, milhares de pastas chamadas "apartamentos" sendo negociadas e que contêm milhares de desconhecidos, eles também cheios de ambições, habitados talvez por raivas surdas, mas também sonhadores, apaixonados, os loucos cegos que enxergam melhor que os outros — onde leu isso? Sim, milhares e milhares de desconhecidos. Quanto a ela, ah, ela continua ali, imóvel naquela onda estourando sem cessar na areia; e ali permanecerá tentando aplacar a cólera de Chloé, apesar de saber muito bem que jamais conseguirá; e ali permanecerá vendo a vida passar, preenchendo formulários e calculando o possível bônus em cima do valor da venda de um imóvel de cento e quarenta metros quadrados em Bir-Hakeim; ali permanecerá e ali morrerá.

E todos morrerão. E Juliette jamais terá conhecido essas pessoas, jamais terá se aproximado delas, jamais terá conversado com elas, e jamais conhecerá todas as histórias vividas por quem desfila pela calçada.

Com um gesto maquinal, empurra a gaveta do lado esquerdo da escrivaninha, aquela onde os livros se amontoam desde a sua chegada à imobiliária; um deles fica preso no entalhe de madeira e a gaveta emperra. Inclina-se, pega-o pela borda para soltá-lo. Depois, vira a capa para ler o título.

La Fin des temps ordinaires [*O fim dos tempos comuns*], de Florence Delay.

12

— Você pediu demissão?

Soliman, as mãos cruzadas sobre os joelhos, se balança para frente e para trás na cadeira. Quando esbarra na mesa, empurra a cadeira mais para trás: a estante de livros às suas costas interrompe o movimento e o reenvia na direção de Juliette, na direção da claridade suave da lâmpada do abajur verde. A parte inferior do seu rosto fica então banhada de luz, para em seguida voltar a ser tragada pela sombra.

Juliette não responde, pois a questão não é essa. Contenta-se em menear a cabeça com um vigor que também lhe parece inútil.

— Eu ofereci um livro. Antes de ir embora — informa.

— Um só?

— Não. Um para Chloé e um para o sr. Bernard.

— Espere.

Os dois pés dianteiros da cadeira batem no assoalho com estardalhaço, e Soliman estende o braço para pegar o caderno, virando as páginas com estranho frenesi.

— Que dia é hoje? Eu deveria ter um calendário aqui, uma agenda, sei lá…

— Ou um celular — acrescenta Juliette, reprimindo um sorriso.

— Prefiro a morte.

Interrompe-se bruscamente, franze o cenho como se um pensamento desagradável tivesse vindo à mente e, em seguida, dá de ombros.

— 13 de janeiro? Não, hoje são…

— 15 de fevereiro — corrige Juliette.

— Já? Como o tempo passa. Eu tinha um compromisso marcado ontem no… ah, deixa pra lá, não tem importância. Voltando ao assunto anterior, passe, por favor, o endereço da imobiliária, o nome dos leitores, a hora aproximada… Sempre recomendo olhar as horas quando se entrega um livro, acho isso imprescindível.

— Por quê?

Soliman ergue a cabeça, pois acabou de traçar com a régua uma linha horizontal no caderno. Ela repara na palidez ainda maior que de costume e no risquinho vermelho que marca a maçã do seu rosto. Talvez tenha se cortado ao fazer a barba. Seus cabelos pretos, sempre despenteados, parecem opacos e sem vida.

— Como assim, por quê?

— Mas se nem sabe que dia é hoje.

— Hum? É, talvez tenha razão…

Cala-se enquanto ela fornece as informações solicitadas. A resposta à sua pergunta foi uma certa indiferença e uma vaga tristeza, que — Juliette não saberia explicar o motivo — lhe causou um arrepio.

— Na verdade — recomeça ele bruscamente —, a hora… Não sei se entende, ainda é novata. Mas a hora… Passa-se um livro da mesma maneira às seis da manhã e às dez da noite? Se anoto tudo isso é para que você e todos os outros possam consultar este caderno quando bem entenderem. Então vão se lembrar. Será até mais que uma lembrança, pois a menção da data e da hora engloba uma infinidade de coisas: a estação do ano, a luz, só para citar as mais evidentes. Você estava usando um sobretudo ou um vestido decotado? E o outro, o que trajava? Como se comportava? O sol já se havia posto? Roçava os telhados dos prédios ou cortava caminho mergulhando nos pátios escuros que mal enxergamos ao passar de uma estação a outra? Não havia num desses pátios uma mulher à janela, não, uma criança, que à passagem do trem agitou o braço como se desejasse boa sorte a amigos partindo para uma longa viagem? Se isso acontecesse em dezembro, só poderia vislumbrar a luz de uma lâmpada por trás das vidraças, talvez o rápido movimento de uma cortina puxada para o lado e a mancha clara de um rosto...

Ao pronunciar essas últimas palavras, a voz de Soliman baixa a um murmúrio. Fala consigo mesmo, compreende Juliette, evoca uma lembrança específica. Uma lembrança que a voz não pode compartilhar, mesmo que a cena lhe pareça quase mais viva, mais real que a própria presença naquele escritório.

Tão logo ela cruza a soleira, é sempre invadida pela sensação de atravessar uma miragem, uma dessas belas imagens trêmulas vislumbradas ao longe por membros de caravanas no deserto, como lhe contaram quando ainda era criança, e que pouco a pouco desvaneciam à medida que o passo dos camelos aproximava os viajantes sedentos do local. Ela, Juliette, entrou de cabeça nessa ilusão e desde então se debate, à noite, com livros que se levantam das pilhas para planar como pássaros no pátio cercado de altos muros, com mesas sem pés e portas feitas de brumas densas e coloridas; às vezes, folhas de papel escapam e voam, rodopiando, e elevam-se tão alto que ela não consegue acompanhá-las com o olhar...

— Juliette — diz Soliman de repente —, gostaria de lhe pedir um favor.

Desconcertada, ela pisca. Quase viu os livros deixarem as estantes, e já não tem muita certeza se de fato isso não passa de um sonho.

— Sim, claro — diz com precipitação. — Se puder ajudar, será um prazer. Agora tenho tempo, muito tempo.

— Fico satisfeito. Egoisticamente satisfeito.

Levanta-se e começa a andar pelo aposento — "andar" não é a palavra adequada, pensa Juliette, de tão obstruído está o espaço. Mais apropriado dizer que desloca-se como um caranguejo, avançando de lado, dando dois passos, recuando um e, ao passar, esbarrando ou apoiando-se com força na capa de um livro. Talvez as palavras passem assim através do papel da capa ou da encadernação em couro, impregnem a pele, irriguem o corpo descarnado oscilando devagarinho na penumbra.

— Eu gostaria de saber... se você poderia... se mudar para cá.

Boquiaberta, Juliette o encara. Ele lhe dá as costas, mas o silêncio da garota deve tê-lo alertado, pois se vira agitando as mãos.

— Não é o que está pensando. Vou explicar.

E executa um curioso passo *chassé* que o leva de volta à sua mesa, onde se acomoda com os braços cruzados.

— Preciso partir. Por... um tempo.

— Partir? — repete Juliette. — Para onde?

— Isso não faz muita diferença. O importante é que não posso levar Zaïde e não tenho ninguém que me substitua aqui. Você é a única pessoa a quem posso pedir esse favor.

Tamanha é a angústia em seus olhos que Juliette não encontra palavras para responder, ainda mais de supetão. Sente-se sugada, esmagada por uma revelação que demora a chegar, mas cujo peso já se faz sentir neles, entre eles.

Enfim, ela respira e pode articular:

— Você... está bem?

— Vou ficar bem. Dentro de alguns meses. Tenho certeza. Mas quero poupar a minha filha de qualquer inquietação. Para ela, vou viajar e você virá morar aqui para cuidar dela, só isso.

Ele ergue uma das mãos, a palma voltada para ela, e é como se erigisse uma barragem. Nada de perguntas, diz o olhar.

Nada de perguntas, Juliette aquiesce em silêncio.

— Na parte inferior da galeria, ao lado da nossa casa, tenho dois cômodos vazios. Precisam de uma demão de tinta, mas já mandei instalar chuveiro e fogão elétricos... Se for conveniente para você... Não precisa se preocupar com o aluguel, é claro. E, além disso, pagarei um salário para...

— Posso ver o lugar primeiro? Preciso de um tempinho para refletir, entende...? Digamos... até amanhã. Pode ser? Amanhã eu dou a resposta. Por acaso será tarde demais?

Ele sorri e se levanta, visivelmente aliviado.

— Não, claro que não. Vamos, eu a acompanho.

13

Três semanas depois, Juliette se muda para a sua nova residência. Como Soliman avisou, os dois cômodos, antigos ateliês, só recebem iluminação através da galeria e de um estreito feixe de luz; até anoitecer, a luz banha o lugar com uma claridade pálida, uniforme, que ela não tarda a achar repousante. Soliman comprou numa liquidação latas de tinta amarela, na exata cor de narcisos, pincéis usados que precisaram passar dois dias inteiros de molho de tão duras as cerdas, e lonas com as quais cobriram o piso antes de pôr mãos à obra. Largas faixas amarelas não demoraram a se entrecruzar nas paredes decrépitas ao ritmo dos seus movimentos, ou melhor, das suas conversas divagantes. Agachada no canto mais próximo da porta, Zaïde — armada do pincel do seu estojo de aquarela e de uma palheta onde várias cores de guache se espalhavam, se sobrepunham e se misturavam — pintou flores nos rodapés. Rosas numa tonalidade azul-escuro e hastes vermelhas, margaridas verdes de miolo lilás, tulipas negras "como a que Rosa cultivava no seu quarto para o pobre Cornélio, o prisioneiro".

"Ela vive mergulhada em Alexandre Dumas, um verdadeiro peixinho", explicou Soliman com um sorriso cheio de orgulho.

"Nada de perguntas", repetiu mentalmente Juliette, apesar de morta de curiosidade. Então falaram de cores, de flores, da tulipomania, dos jardins do Oriente divididos em quatro partes à imagem do paraíso.

"Aliás, paraíso vem de uma palavra persa, *pairidaeza*", explicou o mensageiro de livros, "que por sua vez significa 'jardim fechado'."

"Eu preferiria um jardim... sem muros", comentou Juliette, enquanto constatava que o velho macacão jeans, vestido pela manhã, estava tão constelado de manchas amarelas quanto um campo inteirinho de orquídeas botão de ouro.

"Eu adoro muros", confessou Zaïde, sem levantar a cabeça. "Ficamos protegidas."

"Ninguém vai te fazer mal, *zibâ**", disse Soliman com ternura.

"Você não sabe nada. Não sabe nada que tem do outro lado do muro... Você nunca sai."

"No entanto, foi preciso eu entrar."

"Sim", cantarolou Zaïde, "foi preciso, foi preciso..."

A conversa cessou. Contudo, Juliette gostaria de saber como pai e filha tinham chegado ali, qual havia sido o itinerário, de onde tinham vindo, de qual jardim ou, quem sabe, de qual guerra. Ela não pôde se impedir de inventar histórias sobre eles, e esses destinos voláteis, truncados e incertos acentuaram ainda mais o encanto que emanava dos dois e daquele lugar semelhante a um navio encalhado nas areias de um estuário, entregue a um certo abandono, mas também tão vivo.

Falaram de livros e mais livros, dos romances góticos de Horace Walpole e de *Dublinenses*, de Joyce, dos contos fantásticos de Italo Calvino e das prosas breves, enigmáticas, de Robert Walser, do *Livro do travesseiro*, de Sei Shônagon, da poesia de García Lorca e dos poetas persas do século 12. Soliman largou o pincel para recitar versos de Nezami:

---

* Bonita, em farsi. (N.A.)

Tal o astro da noite, quem vais visitar?
E esta poesia de tamanha beleza, por quem foi revelada?
Uma sombrinha de âmbar cinza real tolda teu rosto
Coberto por um pálio negro. Sobre quem vais reinar?
Poderia eu dizer que és mel? O mel não é tão doce;
Ou que arrebatas corações? Mas quais vais deleitar?
Tu te vais e por pouco entrego a minha alma
Oh dor de Nezami...

E Juliette quase se esqueceu do mundo tamanha a emoção despertada pelas palavras. "Mas emocionada por quê?", perguntou-se enquanto alisava a tinta no contorno de um batente. "Não estou apaixonada por ele. Entretanto, ele também vai partir, e tudo isso — o depósito, estes cômodos, o seu escritório — me parecerá vazio, apesar da voz de Zaïde, das suas músicas, gracinhas e brinquedos que apanharei nos degraus da escada de incêndio. Apesar dos mensageiros e dos livros, apesar..."

"Você não gosta de poesia?"

Que idiota! Ele não compreendeu nada. Aliás, nem ela. Isso devia fazer parte da tal famosa condição humana, daquele pacote recebido no nascimento — no fundo, todos reprimidos, impermeáveis às emoções do outro, incapazes de decifrar gestos, olhares, silêncios; todos condenados a despender um esforço enorme para se explicarem com palavras que nunca são as adequadas.

"Sim... Sim, adoro poesia. Mas o cheiro da tinta me causa um pouco de dor de cabeça."

Embora fosse uma desculpa esfarrapada, ele caiu na armadilha, ofereceu-lhe uma cadeira, água, aspirina, e por fim lhe sugeriu sair para respirar ar fresco, o que Juliette, agradecida, aceitou. Foi para a galeria e caminhou de um lado a outro observando o pátio, os prédios cercando os três lados e que, na sua maioria, só mostravam a fachada cega. Ninguém poderia vigiar o que acontecia ali. Em plena Paris, o lugar era um refúgio perfeito — um refúgio ou um covil, isolado, protegido. E, de novo, ressurgiu a antiga e insidiosa suspeita. Soliman teria lhe contado a verdade a respeito da sua reclusão voluntária? Suas manias, aparentemente inofensivas, não esconderiam outra coisa? Juliette não ousou pensar o que essa "outra coisa" poderia ocultar, mas, apesar do seu empenho para afastá-las, as imagens a assaltaram. Imagens violentas, sangrentas, atrozes; imagens que todos os canais de TV transmitiriam sem interrupção, bem como as de portas arrombadas, separadas por um cordão de isolamento, de onde se vislumbrariam o interior destruído, armas. Sim, encontrariam armas e também listas, nomes, lugares. Interrogariam os vizinhos, "ele era tão educado", diria uma senhora, "ele segurava a porta do elevador para mim e carregava as minhas compras".

Juliette passou as mãos no rosto antes de se dar conta de que os dedos estavam sujos de tinta. "Vou parecer um dente-de-leão." E riu um riso nervoso na tentativa de abolir as visões aterrorizantes, o medo, tudo o que tornaria a sua vida impossível, caso não tomasse cuidado. "Vamos, Juliette, terroristas não recitam poesia; eles odeiam poesia, música e tudo o que fala de amor." Mais um lugar-comum ao qual tentou se agarrar, "pois quando nos afogamos não escolhemos a tábua de salvação."

"Tome, isso vai lhe fazer bem."

Ele estava atrás dela, ofereceu-lhe um copo de vidro fumê de onde subiu um tênue vapor.

"É chá de especiarias."

"Obrigada", murmurou. Envergonhada, mergulhou o nariz na emanação perfumada, fechou os olhos e imaginou-se longe, muito longe, em um daqueles mercados do Oriente reduzidos a escombros pelas bombas, num daqueles jardins só existentes em contos. E bebeu um gole.

"É gostoso", disse.

Soliman apoiou o cotovelo no parapeito enferrujado, o olhar voltado para o céu que, pouco a pouco, se coloriu de uma tonalidade arroxeada.

"Logo ficará escuro para pintar."

"A gente acende a luz", replicou Juliette com uma voz que lhe pareceu estranhamente estrangulada.

Ele balançou a cabeça.

"Não... É necessária a luz do dia. É necessária a luz do dia", repetiu inclinando a nuca para trás como que aguardando uma tempestade de luz.

"Soliman..."

"Sabe", disse, sem fitá-la, "eles ainda existem. Os jardins. Eles existem *aqui*."

Repousou uma das mãos na testa e, em seguida, tocou no peito, na altura do coração.

"Como você sabe que...?"

"O chá. Não posso tomar chá sem pensar neles."

Juliette bebeu mais chá, e uma estranha calma espalhou-se à medida que o líquido quente descia pela sua garganta. Sentiu-se bem e, curiosamente, experimentou a sensação de estar no lugar certo. Isso não significava que todas as suas perguntas haviam recebido respostas. Como aquelas simples palavras — "eles ainda existem" — podiam ter esse poder? Ela não vivia mais no mundo dos contos de fadas nem, como ele, no dos livros. De jeito nenhum.

Mas se achava capaz de aprender a conviver com as próprias perguntas.

14

Quando o homem de chapéu verde empurra a porta do escritório, Juliette solta um espirro. Acabou de transferir, de modo a tornar o espaço mais confortável para os visitantes, a obra completa de *A comédia humana,* de Balzac, para perto de uma estante de aparência bastante firme para recebê-la — já que retirou a coleção de romances policiais, que migrará para a parte superior da lareira cuja boca está obstruída por uma pilha de relatos de viagens, dos quais um deles é bastante curioso, *Travels of Ali Bey [Pseud.] in Morocco, Tripoli, Cyprus, Egypt, Arabia, Syria and Turkey: Between the Years 1803 and 1807* [*Viagens de Ali Bey [pseudônimo] ao Marrocos, Trípoli, Chipre, Egito, Arábia, Síria e Turquia: entre os anos 1803 e 1807*], do orientalista e político espanhol Domingo Badía e Leiblich, em edição de 1816. A poeira flutuando parece quase sólida, e o homem tira uma das luvas para afastá-la, como faria com uma cortina pendurada no meio do aposento.

— Bom dia, senhorita — diz com voz esganiçada, o que contrasta com a corpulência e a expressão quase severa do rosto.

O homem fica imóvel, o cenho franzido.

— Onde está Soliman?

Parece perplexo e um tanto ou quanto irritado. Juliette empertiga-se esfregando as mãos nos jeans. Inútil. Está coberta de poeira da cabeça aos pés.

— Ele precisou se ausentar por um período — responde com prudência.

— Ausentar.

Ele não dá ênfase à palavra para questioná-la; não, apenas a repete, mastiga-a tal uma iguaria estranha e exótica. Entrega-se repetidas vezes a esse exercício, depois varre o cômodo com o olhar e, tendo notado um assento livre, dirige-se para ele, espana a poeira cuidadosamente antes de se sentar e prende os vincos da calça entre dois dedos, para mantê-lo reto ao longo das pernas. Feito isso, ergue a cabeça e olha para Juliette com ar gentil.

— Soliman nunca se ausenta.

A frase é pronunciada como uma evidência.

— Eu... Ele...

Constrangida, a jovem começa a torcer o punho da manga. Está usando um pulôver vermelho, um pouco comprido para ela, bastante surrado. Naquela manhã, desejou vestir algo confortável. Não para de chover desde a partida de Soliman; Zaïde está resfriada e emburrada; um cano arrebentou no pátio, liberando um persistente fedor de ovo podre. O pulôver vermelho, quando ela se olhou no espelhinho pendurado ao lado do chuveiro, trouxe-lhe um certo aconchego. Nesse instante, porém, ele não a protege da própria timidez.

Discretamente, Juliette belisca a parte interna do braço.

O homem de chapéu verde. O do metrô, dos insetos, do papel farfalhante.

Ali, no escritório, entre as construções por vezes efêmeras de lombadas e miolos multicoloridos, ou numa alternância de todas as nuances de marfim, do branco gelo ao amarelado. O homem de chapéu verde em carne e osso.

É como se o personagem de um romance tivesse saído das páginas de um livro e lhe dirigisse a palavra.

— Ele tem problemas... para resolver... — anuncia com visível esforço. — No interior. Vim substituí-lo. Provisoriamente, é claro.

Meu Deus, continuará a desfiar banalidades? Ruborizada, absorta na contemplação dos tênis surrados porém confortáveis, reservados para dias de arrumação pesada, cala-se. Para falar a verdade, o seu cotidiano, desde a mudança para aquela casa, não passa disso, ou quase. Sente-se cercada, vigiada, quase agredida por todos aqueles livros — aliás, de onde vieram? Que fonte, aparentemente inesgotável, alimenta as torres, colunas, pilhas, caixas de papelão que dia a dia parecem mais numerosas? Encontra-os na frente do alto portão de ferro toda vez que coloca o nariz para fora; tropeça em cestos abarrotados, cestas transbordantes e por vezes arrebentadas, pilhas amarradas com barbantes, elásticos grossos e até mesmo, uma ou duas vezes, por um laço vermelho, o que confere a essas doações anônimas um realce antiquado e um tanto ou quanto romanesco.

Romanesco, sim. Tudo é romanesco ali, quase exageradamente romanesco. Não aguentará por muito tempo mais, precisa de um ar menos rarefeito, menos carregado de saber e de histórias e de intrigas e de diálogos sutis, é o que explica de uma tacada só, soluçando, ao homem de chapéu verde que, desconcertado, descobre a cabeça, dá um tapinha desajeitado no ombro dela e acaba abraçando-a e acalentando-a como se fosse uma criança.

— Tudo bem, tudo bem — repete como um mantra.

— Não, não está nada bem — retruca Juliette, fungando. — Sou um zero à esquerda. Soliman confiou em mim, mas sou um fracasso, não consigo nem arrumar... isso tudo.

— Arrumar?

O homem começa a rir. Um riso estranho, que parece enferrujado. "Talvez não ria há muito tempo", pensa Juliette cavoucando os bolsos em busca de um lenço de papel. Ela enxuga as lágrimas, assoa o nariz com força e por fim se recompõe.

— Sinto muito.

— Por quê?

— Eu... porque... não nos conhecemos. Deve me achar completamente histérica.

Um sorriso espalha-se pelo rosto largo do homem, um sorriso que também repuxa os seus olhos, cujas íris cintilantes quase desaparecem entre as pálpebras de pele fina e pálida, salpicada de minúsculos pontos vermelhos.

— Está enganada, minha jovem. Em primeiro lugar, não a considero histérica, como acaba de dizer de modo impensado. Aliás, não precisa me pedir desculpas; nós nunca sabemos o sentido das palavras destinadas a descrever os sintomas ou as doenças de que padecemos. E, por último, pois não haverá um terceiro, nós nos conhecemos muito bem. Muito melhor, na verdade, do que pensa. Sabe — acrescenta ele —, você não é a única a observar o que as pessoas leem no metrô.

15

Meia hora depois, Juliette e Leonidas — é esse mesmo o seu nome, um nome que lhe evoca, de modo irresistível, uma das marcas mais famosas e tradicionais de chocolates finos da Bélgica, com montanhas de bombons, pralinês e barrinhas sortidas — dividem um croissant com amêndoas, a sobra do café da manhã, e café solúvel, pois ela se recusa a tocar na complicada maquininha inventada por Soliman para preparar o negro néctar que ele bebia, no mínimo, doze xícaras por dia. Ao olhar o chapéu verde pousado sobre uma dezena de romances ingleses, o casaco pendurado em um cabideiro escorado — falta-lhe um pé — nas obras desprezadas de uma autora norte-americana de best-sellers, as espirais do cachimbo desenhando auréolas no teto de bordas azuladas e vincos movediços, alguém poderia supor que o visitante é o verdadeiro morador do lugar, e Juliette, uma simples estagiária nervosa e louca para mostrar serviço.

— Preciso catalogar isso tudo — explica ela. — Não termino nunca. Os mensageiros chegam, eu entrego umas sacolas de livros indiscriminadamente, apanhados aqui e ali... onde não posso mais andar, na verdade. Tenho a impressão de fazer tudo de qualquer jeito. Eu... não sei como Soliman procedia. Quero dizer, como escolhia os livros.

Leonidas não responde a essa interrogação disfarçada; ele reflete, o cenho franzido, dando tragadas cada vez mais fortes.

— O problema, minha querida menina, não é tanto saber como ele os escolhia, mas sim de que maneira os arrumava. E de que maneira os próprios livros escolhiam sair.

Os dois passam o final de tarde explorando o escritório e o grande cômodo anexo, no qual Juliette ainda não ousou se aventurar. É uma sala de paredes nuas que recebe luz graças a duas janelas localizadas bem debaixo do teto, mais largas que altas, que uma correntinha permite entreabrir. Mas de tão sujos os vidros, a claridade é apenas suficiente para não esbarrarem um no outro.

Ali, naquele lugar, não há uma única prateleira e nem mesmo as estantes feitas com caixas de frutas de que Soliman parece tanto gostar.

Apenas livros. Livros encostados nas paredes, em duas, três, por vezes quatro fileiras. O centro do aposento está vazio.

— Pois bem — constata Leonidas com satisfação —, ao que tudo indica, Soliman começou esse trabalho que julga extraordinário. Vamos encontrar aqui uma orientação, como eu diria... uma diretriz. Com a mais absoluta certeza.

E meneia a cabeça duas vezes, soltando um enorme círculo de fumaça. E ela corre para puxar a correntinha mais próxima e permitir a entrada de, pelo menos, uma lufada de ar.

— Uma diretriz.

Juliette tenta, ao menos uma vez, não dar à voz aquela inflexão interrogativa que, definitivamente, a classificaria aos olhos desse amante de edições raras entre as antas desprovidas de cérebro.

— Está vendo? A arrumação dos livros tem uma história no mínimo tão interessante quanto a dos próprios livros. Conheci um homem... — diz Leonidas.

E, animado, prossegue:

— Talvez eu não o tenha de fato conhecido. Digamos que eu li um livro do qual ele era o personagem principal, mas é uma boa maneira de conhecer as pessoas, concorda? Talvez a melhor. Pois bem, esse homem evitava colocar na mesma prateleira dois livros cujos autores não se dessem bem, mesmo depois de mortos. Sabia que, por ter ridicularizado Cícero, Erasmo foi condenado por um juiz de Verona a doar cem escudos aos pobres? Shakespeare e Marlowe acusaram-se mutuamente de plágio; Céline chamava Sartre de "merdinha"; Vallès achava Baudelaire cabotino. Quanto a Flaubert, usava o elogio com duplo sentido: "Que homem teria sido Balzac se soubesse escrever!" Escrever jamais eximiu alguém de ser invejoso, mesquinho ou filho da puta, me perdoe o termo. Em geral, não me expresso assim, mas, nesse caso, não encontro coisa mais adequada para dizer.

Juliette lança-lhe um olhar enviesado e começa a rir. Esse homem lhe faz bem. "Um erudito plácido, uma espécie de tio como os dos romances antigos, daqueles que nos colocam sentados no colo e permite que brinquemos com a sua corrente de relógio quando somos pequenos, e mais tarde nos fornece um álibi quando dormimos fora. Adoraria tê-lo conhecido antes."

Ele fala dos livros como de seres vivos — velhos amigos, às vezes temíveis adversários, alguns o protótipo do adolescente provocador, e outros de senhoras idosas tecendo a sua tapeçaria ao pé da lareira. Há nas estantes, segundo ele, sábios rabugentos e apaixonados, fúrias desencadeadas, assassinos em potencial, franzinos meninos de papel estendendo a mão a frágeis meninas cuja beleza se desintegra à medida que mudam as palavras para descrevê-las. Certos livros são cavalos fogosos, selvagens, e nos levam em galope desenfreado, a respiração entrecortada, agarrados com dificuldade à sua crina. Outros, barcos navegando sossegados nas águas de um lago em noite de lua cheia. Outros ainda, prisões.

Ele discorre sobre os seus autores preferidos, de Schiller, que jamais escrevia sem deixar de guardar maçãs podres dentro da gaveta da escrivaninha, para se forçar a trabalhar mais rápido, e mergulhava os pés numa bacia de água gelada a fim de se manter acordado à noite; de Marcel Pagnol, tão apaixonado por mecânica, que registrou a patente de uma "cavilha irremovível"; de Gabriel García Márquez, que, para subsistir enquanto escrevia *Cem anos de solidão*, vendeu o carro, o aquecedor da casa, o liquidificador e o secador de cabelos; aos erros de concordância de Apollinaire, Balzac, Zola e Rimbaud, erros que ele perdoava de coração aberto e anotava com certa gula.

Anoiteceu faz um tempão. Zaïde deve estar com fome, e ela também sente a barriga roncar.

— Adoro as suas histórias — diz por fim Juliette —, mas nelas não vejo o início do que chama de "diretriz". Continuo sem saber por onde começar. Pelos escritores que cometem erros gramaticais? Pelos que têm um hobby ou uma predisposição à loucura? Pelos viajantes, pelos sedentários, pelos reclusos?

Leonidas morde a boquilha do cachimbo, cujo fornilho esvaziou faz um tempão, e meneia a cabeça, suspirando.

— Para ser sincero, nem eu sei por onde começar. Mas tudo bem. Vá dormir, minha menina. Amanhã, você verá as coisas sob uma luz totalmente nova.

Ele reflete ainda alguns segundos.

— Ou não — conclui.

— Isso não é muito encorajador...

— Nada é encorajador na vida. Cabe a nós buscarmos encorajamentos onde os nossos olhos, ou o nosso entusiasmo, a nossa paixão, a nossa... ora, onde qualquer coisa seja capaz de descobrir esses encorajamentos.

Com ar indulgente, dá um tapinha na bochecha dela.

— E você é capaz. Posso garantir.

16

No dia seguinte, Juliette mantém distância dos livros e o escritório fechado. Da galeria, vê um mensageiro cruzar o portão e tentar abrir a porta envidraçada, depois colar o nariz, uma das mãos acima dos olhos, tal uma viseira, mas ela não aparece. Zaïde continua doente, meio febril, sonolenta. Ela deixou a menina com um mundo de bonequinhas de pano, evidentemente confeccionadas à mão, para as quais conta histórias ininteligíveis deitando-as lado a lado, com o rosto encostado no travesseiro.

Observando as bonecas, Juliette pensa na mãe de Zaïde. Terá morrido? A menina sente saudades dela? Sua ausência pode ser compensada? É uma pergunta assustadora, no sentido de que a única resposta minimamente lógica é "não". Juliette prepara o chá, um bule inteiro, enche uma xícara e instala-se para tomar a bebida longe das janelas, dos muros do pátio, longe de qualquer espaço aberto para o exterior. Precisa de um casulo acolhedor, tranquilo e silencioso.

No fundo, sempre viveu assim. Enroscando-se em qualquer ninho ao seu alcance. Na casa dos pais, localizada nos arredores de Paris, num bairro tranquilo, onde o barulho de uma scooter passando na rua era considerado, pelos moradores, um incômodo insuportável; na escolinha do bairro, no colégio situado a duas ruas de distância, na escola técnica onde cursou, sem prazer e sem revolta, comércio, e depois na faculdade, onde obteve o diploma. Poderia ter ido mais longe, até em termos de espaço. Poderia, ao menos, ter transposto o espaço periférico sem se satisfazer com as opções aprisionadoras propostas pelo pequeno estabelecimento onde a mãe foi, anos a fio, a eficaz e discreta secretária do diretor. Mas não ousou. Não, na verdade, sequer sentiu vontade.

Nunca teve consciência do próprio medo, do temor pela imensidão e pela diversidade do mundo, nem tampouco da sua violência.

A casa, a escola, o colégio, a faculdade. E, por fim, a imobiliária. A imobiliária situada a doze estações de metrô do quarto e sala tipo estúdio comprado graças à herança recebida da avó.

"Você nem vai precisar fazer baldeação", constatou a mãe em tom de aprovação. "Isso vai simplificar a sua vida, minha querida."

E como a vida de Juliette era simples… Levantava-se toda manhã às 17h30, tomava banho, comia quatro torradas com queijo branco, nem uma a mais ou a menos, tomava um copo de suco de maçã e uma xícara de chá na bancada da cozinha, e saía para o trabalho. Ao meio-dia, vez ou outra almoçava com Chloé no restaurante vietnamita da esquina da imobiliária — isso acontecia mais ou menos duas vezes por mês, salvo quando conseguiam fechar uma venda interessante e, neste caso, permitiam-se uma despesa extra. Caso contrário, almoçava a salada preparada na véspera à noite e à qual acrescentava, antes de começar a comer, o molho trazido num vidrinho de alcaparras cuidadosamente esvaziado e lavado. Sempre levava uma maçã e um saquinho de biscoitos amanteigados para a hora do lanche. À noite, ao retornar, dava um jeito na casa e jantava vendo televisão. Nas sextas à noite, ela ia ao cinema, nos sábados, à piscina e, aos domingos, almoçava na casa dos pais e depois os ajudava nos trabalhos de jardinagem que, a uma só vez, preenchiam tanto o tempo como as conversas.

Alguns homens apareceram para perturbar essa rotina. Ah, mas não por muito tempo. Esses homens eram como água, escorriam entre os dedos. Juliette não sabia o que dizer, seus carinhos eram desajeitados e percebia que os rapazes ficavam entediados debaixo do edredom listrado, uma vez encerrado o espasmo do prazer.

Quando a deixavam, ela chorava dias a fio, enfiando o nariz na echarpe da avó, a echarpe azul na qual adorava imaginar restar ainda um vestígio, mesmo que ínfimo, do perfume da mulher que a tricotara. É claro que isso não passava de imaginação. A echarpe cheirava a lavanda por causa do sabão em pó, pois de vez em quando precisava lavá-la; cheirava a chili, único prato que Juliette, às vezes, se arriscava a preparar, e ao eucalipto que impregnava os lenços de papel da marca que a mãe sempre comprava.

Sua mãe morreu há dois anos, numa bela tarde de primavera, quando se levantava vitoriosa de uma platibanda que acabara de capinar. O cesto contendo o mato tombou, assim como ela, os olhos abertos fitando o céu. Não teve sequer tempo de chamar o marido que, a poucos passos dali, limpava ervas daninhas da plantação de cenouras.

E sentia saudades. Ah, como sentia saudades da mãe. Ela sempre se esforçara para facilitar a trajetória da filha, guiando-a pelos caminhos mais seguros, aqueles onde não encontraria obstáculos nem provações. Nem aventuras. Nem qualquer espécie de imprevisto. Nada que pudesse lhe causar dores profundas, nada tampouco que a pudesse arrebatar, que a levasse a anular a si mesma, as suas certezas hesitantes, a sua existência quase enclausurada, serena e monótona.

Por que Juliette se conformara? Quase todos eram conformados — não havia muitos rebeldes onde morava. Ah, claro, alguns fumavam baseados em festas ou cometiam pequenos delitos, como o furto de CDs no shopping ou as pichações desaforadas no muro de uma casa —, mas não se tratava de rebeldia. A todos faltava raiva. E entusiasmo.

Faltava-lhes juventude.

Quanto à sua avó, lutara a favor do aborto, da igualdade entre homens e mulheres, dos direitos civis dos negros norte-americanos, lutara contra as usinas nucleares, os paraísos fiscais, os massacres no Vietnã e a guerra do Iraque. Na vida inteira, distribuíra panfletos, participara de manifestações, assinara petições e mantivera intermináveis discussões apaixonadas sobre a ou as maneiras de mudar o mundo, os homens, a vida. A mãe de Juliette dizia, sorridente: "Mamãe é um verdadeiro clichê." E era verdade, ela poderia ter sido protagonista de um filme da década de setenta. Aquela mulher que morava num sitiozinho, num minúsculo vilarejo nos Pireneus, que só usava fibras naturais, tornara-se vegetariana bem antes dos bobôs* parisienses, lia Marx (quem lia Marx?) e cultivava um pezinho de maconha debaixo da janela do quarto.

E tricotava imensas echarpes para todos que amava.

A xícara de Juliette está vazia. Torna a enchê-la e saboreia o líquido morno. O chá de Soliman, logo transformado no seu preferido. Nesse dia, ao inspirar o vapor de aroma sutil, pensa em caixas de laranjas, em terraços, na carícia da brisa marinha, em brancas colunas quebradas na Itália, que nunca visitou e só conhece por meio de leituras.

"Será preciso", pergunta-se fitando uma aranha que, num canto do teto, tece com destreza uma teia quase invisível, "viajar para os países que amamos nos livros? Aliás, esses países existem? Com certeza, a Inglaterra de Virginia Woolf desapareceu, assim como o Oriente das *Mil e uma noites* ou a Noruega de Sigrid Undset. Em Veneza, o hotel onde se hospedavam os personagens do romance de Thomas Mann só subsiste graças às suntuosas imagens de Luchino Visconti. E a Rússia... Da troika dos contos, deslizando incansavelmente pela estepe, viam-se lobos, sinistras cabanas construídas sobre pés de galinha, imensas extensões cobertas de neve, florestas escuras ocultando perigos, palácios feéricos. Dançava-se diante do czar sob

---

* Bobô = abreviação de *bourgeois-bohème,* ou seja, burguês boêmio (N.T.)

lustres de cristal, bebia-se chá em bules de ouro, usavam-se gorros de pele (que horror!) confeccionados com o pelo de uma raposa prateada."

O que encontraria de tudo isso, caso embarcasse em um avião para visitar uma dessas partes do mundo? Regiões mergulhadas em conflitos e com as fronteiras ameaçadas, onde percorreria, na velocidade de um raio, distâncias quase inconcebíveis, onde deixaria os séculos passarem sobre ela, rodopiaria entre constelações, conversaria com animais e deuses, tomaria chá com um coelho, provaria cicuta e ambrosia? Onde se esconderam os seus companheiros, o conde Pierre de *Guerra e paz*, a travessa Alice, Píppi Meialonga, menina forte o bastante para levantar um cavalo, Aladim e Touro Sentado, Cyrano de Bergerac, bem como todas as mulheres com quem sonhou e de quem reproduziu destinos e paixões, isentando-se, a um só tempo, de vivenciá--los? Onde estão Emma Bovary, Anna Karenina, Antígona, Fedra e Julieta, Jane Eyre, Scarlett O'Hara, Dalva e Lisbeth Salander?

No fundo, compreende Soliman. Pelo menos, ele não finge levar uma vida "normal". Por livre e espontânea vontade, encerrou-se em uma fortaleza de papel, de onde envia, com regularidade, fragmentos ao exterior, como tantas garrafas ao mar, gestos de oferenda e de afeto destinados aos seus semelhantes, aqueles que, fora dos muros, enfrentam a vida real.

Caso essas palavras façam algum sentido.

Bem, acabou com dor de cabeça. Talvez o resfriado de Zaïde seja contagioso. Ou, talvez, seja consequência da poeira, desses quilos de poeira aspirados nos últimos dias.

Il reste la poussière [*Nada além de poeira*], de Sandrine Colette. Título de um romance que viu no topo de uma das pilhas ao lado da escrivaninha de Soliman. Um romance policial, segundo a capa. Talvez seja o melhor remédio para um dia de chuva, de resfriado, de depressão branda.

É também uma bela frase de conclusão para pensamentos e devaneios tão desconexos quanto os seus.

17

— Eu gostaria de conversar sobre aranhas.

O homem de chapéu verde tem um sobressalto e derrama chá no pires. Juliette avança com um guardanapo de papel, mas ele o afasta com um gesto — "sempre esse sorriso", pensa ela, "o sorriso do gato de *Alice no país das maravilhas*. Amável e distante a um só tempo." Perto dele, sente-se jovem demais, desajeitada, atrapalhada, com "mãos que fogem", como dizia a sua avó, mãos que tudo deixam escapar, que não sabem moldar a forma dos objetos, domá-los ou seduzi-los. Mesmo agora, tem a impressão de ter sido ela que derramou o chá, e talvez tenha derramado mesmo, com a sua declaração incongruente.

Por causa do livro, do livro a respeito de insetos que ele sempre lê no metrô. A primeira vez que o notou, ela achou que se tratava de um colecionador ou pesquisador. Não pensou "o cara é completamente pirado", mas... mentira, pensou sim.

E agora ali está ele.

Aparece quase todos os dias. Bate de leve na porta do escritório entre 15h47 e 15h49 — ela acha que essa pontualidade tem a ver com a linha do metrô escolhida. Juliette sente saudades da linha 6, dos seus pontos de referência familiares, da lancha do Ministério da Fazenda atracada sob o pórtico fluvial, do cais na outra margem, dos vitrais das estações de superfície, da creche cujo telhado é de azulejos, uma casa de verdade isolada entre construções cada vez mais altas que a destacam — repetidas vezes olhou para ela com uma ponta de nostalgia da qual ignora a causa —, dos grafites da porte d'Italie nas paredes cegas dos prédios construídos nos anos setenta, da ponte de Bir-Hakeim, da estação Passy e da sua aparência de estação ferroviária provinciana...

Sente falta também dos desconhecidos a quem entregou livros com os títulos ocultos pelas capas coloridas de Zaïde, pessoas a quem a capa prometia felicidade e transformação, e que adoraria rever, não necessariamente para lhes fazer perguntas — evidente que não, pois a leitura é algo muito íntimo e precioso —, mas para observá-las, tentar decifrar em seus rostos o início de uma mudança, de um acentuado bem-estar, de uma alegria mesmo que efêmera. Talvez tudo isso não passe de pura tolice.

— Acha tolice? — pergunta a Leonidas depois de lhe contar as reflexões.

— Acho que deveríamos falar de aranhas...

— Eu também. Afinal, você é especialista em insetos.

— Não é bem assim, mas não me canso de contemplá-los. Na minha opinião, nunca, em nenhum ser vivo, o desígnio da natureza alcançou tamanha perfeição.

— É por isso que lê sempre o mesmo livro no metrô?

— Sim. Imerso na vergonha inspirada pela minha covardia e pelo sofrimento inspirado pelo meu amor platônico, eu necessitava de apaziguamento. O que há de mais apaziguante que a estrutura dos élitros do modesto *Gryllus campestris*, o grilo-do-campo?

Constrangido, remexe-se no assento.

— Chega de falar de mim. Por onde quer começar?

— Pelas aranhas. Por que elas sobem pelo encanamento? Por que deixam um lugar seguro por outro bem mais perigoso?

Leonidas cruza e descruza várias vezes as mãos brancas muito bem cuidadas, nas quais cada unha está lixada à perfeição.

— Essa pergunta só se aplica às aranhas — acaba respondendo. — Eu até poderia dar uma pequena conferência a respeito dos hábitos desses insetos, mas tenho a impressão de não ser esse o seu interesse. Por acaso, estou enganado?

Juliette então solta a língua, as palavras embaralhadas, tomada pela necessidade de contar tudo à medida que ideias e sentimentos lhe vêm à cabeça: falar do seu desespero diante dessa nova vida à qual está se adaptando devagar, bem devagarinho; dessa percepção clara e impiedosa que, de repente, lhe mostrou a banalidade da sua existência anterior; das suas dúvidas; dos seus medos; dessa pontinha de obstinada esperança que talvez se aninhe entre as páginas desses incontáveis livros impossíveis de serem classificados.

— Eu também — diz ela — estava coberta de poeira. Acumulada sem que eu tivesse percebido, entende?

— Acho que sim — responde Leonidas. — E agora?

Por um instante, Juliette fecha os olhos.

— Tudo isso (levanta a mão como que para mostrar o aposento onde se encontram e, mais adiante, o estoque, o pátio, a escada de ferro bamba, os cômodos que dão para a galeria, o retângulo de céu dominando os muros e os telhados vizinhos) surtiu o efeito de uma ventania gelada em mim. Eu me sinto nua. Sinto frio. Sinto medo.

Juliette percebe que Leonidas se mexe. Com doçura, ele pousa uma das mãos na testa dela. Ela se lembra dos gestos da avó, quando a visitava nos Pireneus durante o inverno e ficava resfriada por ter brincado demais na neve e molhado os sapatos.

— Meus parabéns...

Juliette acha que entendeu mal. Por que a parabeniza? Por que merece elogios? A mão suave não se demora sobre a sua pele. Ela sente a mão se afastando. Leonidas retomou o seu lugar na poltrona, que estala. Ela não ousa erguer as pálpebras. Ainda não. Talvez tenha confundido ironia com sinceridade. Talvez...

"Para o inferno todos os 'talvez'!"

Olha para ele. Acariciadas pela fumaça azul escapando do fornilho do cachimbo, as feições do homem tremulam, modificam-se: é o gênio da lâmpada, o duende malicioso surgindo de uma brasa ou de um pântano pontilhado de luzes pálidas saltitantes.

Leonidas tira o cachimbo da boca, ergue-o à altura da têmpora e, com suavidade, bate nela com a boquilha.

— É bom sentir medo — retoma, calmo. — Você começa a compreender que a grande arrumação que planeja, e contra a qual não faço nenhuma objeção, acredite, não deve ocorrer entre estas paredes.

— Onde então?

Juliette não reconhece a própria voz, febril, ávida.

— Aí. No que chamam, dependendo do gosto de cada um, de alma, coração, entendimento, consciência, mente, lembranças... Tem vários outros nomes. Todos insuficientes, na minha opinião. Mas não é isso o que importa.

Apoia-se nos braços da poltrona e curva-se ligeiramente na direção de Juliette.

— É em você que todos esses livros devem encontrar o seu lugar. Em você. Em nenhuma outra parte.

— Quer dizer... que devo ler todos? Todinhos?

Como ele não responde, ela fica agitada e acaba cruzando os braços no peito, em um gesto de autoproteção.

— Está bem. Digamos que eu consiga... O que vai acontecer depois?

Leonidas inclina um pouco a cabeça para trás e sopra a fumaça em um círculo perfeito, que observa com ar sonhador enquanto a esfera se deforma ao atingir o teto.

— Vai esquecê-los.

18

Então Juliette começa a ler. Estabelece uma rotina diferente: levanta-se cedo, prepara o café da manhã para Zaïde, confere a mochila da escola, descem juntas a escada de ferro que range sob as solas dos sapatos e dá um tchauzinho, mantendo o pesado portão entreaberto graças ao "cuco" que substituiu o anterior — no momento transformado em farrapos úmidos —, e em seguida entra no escritório.

Ali encontra os livros. À sua espera. Juliette aprendeu a navegar com desembaraço pelo mar de pilhas, a evitar as pontas das caixas, a passar de raspão pelas estantes sem causar desmoronamentos. Deixou para trás aquela sensação sufocante que por vezes a forçava a abandonar o cômodo, o pátio, e sair caminhando a passos largos pelas ruas, os braços cruzados sobre o peito, tentando se proteger do vento fustigante. A montanha de volumes passou a ser uma presença amigável, uma espécie de edredom macio do qual adora o conforto. Chega, inclusive, a acreditar, quando fecha a porta envidraçada, que ouve um tipo de burburinho, talvez uma vibração, escapando das páginas e chamando-a. Fica imóvel, prende a respiração e aguarda. O chamado é mais alto desse lado — não, daquele outro. Vem da chaminé ou do canto escuro atrás do pufe? Aproxima-se então com cautela, a mão estendida para acariciar as lombadas encadernadas e forradas de couro desbotado. Depois se detém.

É *ali*. É *aquele ali*.

Desde o primeiro dia, Juliette compreendeu a sua total incapacidade de escolher em meio aos milhares de livros acumulados por Soliman. Então se entregou à seleção aleatória já testada ao desempenhar a sua missão de "mensageira" no metrô. Bastava esperar. Manter a calma. Se não podia ver o interior dos livros — os milhões de frases e palavras que pululavam como colônias de formigas —, os livros podiam vê-la. Oferecia-se a eles. Uma presa fácil sempre à vista, sem tentar fugir ou se defender, suscita a desconfiança do predador? Deveria, de fato, ver os livros como animaizinhos selvagens cujo sonho é escapar das suas jaulas de papel, precipitar-se sobre ela e devorá-la?

Talvez. Mas nada disso tem a menor importância. Sente *vontade* de ser devorada. Uma vontade que a mantém acordada noite adentro, que a tira da cama ao alvorecer, que a imobiliza de madrugada, sob a lâmpada do spot comprado por Soliman num camelô da avenida vizinha — nunca se aventurou até lá, contentando-se em fazer as compras na mercearia da esquina.

Lê de bruços na cama, lê agachada, lê encostada no parapeito da galeria quando um raio de sol aquece a atmosfera, lê com os cotovelos apoiados na escrivaninha de Soliman e na mesa da cozinha onde prepara as refeições de Zaïde, lê mexendo, num gesto animado, o picadinho de carne na panela, refogando os cogumelos, preparando o molho bechamel. Até mesmo encontrou uma posição, dolorosa sem dúvida, que lhe permite ler descascando legumes. Para tanto, basta encaixar o livro no braço e virar as páginas com um garfo preso entre os dentes. Pensando bem, age de modo infantil. Lê no banho, como a tal cliente de Chloé (será que terminou a leitura de *Rebecca*? O fim do romance assinalou também o fim da sua felicidade no apartamento mal dividido, cujo prestígio de uma história de amor ocultou todas as suas imperfeições?), lê tomando café e até recebendo os mensageiros, lançando olhares de esguelha intermitentes e ávidos à página iniciada enquanto entrega a um e a outro uma pilha de livros recolhidos ali ou acolá — e, ainda por cima, com um sorrisinho de desculpas como recompensa.

Juliette se veste, em cada história, com uma pele brilhante e nova; sua epiderme fica impregnada de sal e de perfume, do natrão utilizado para conservar nos braços e nas pernas de Tahoser, a heroína de *O romance da múmia*, toda a sua flexibilidade, as carícias de um desconhecido encontrado a bordo de um navio, pólens vindos da árvore do outro extremo da Terra, por vezes o sangue esguichando de um ferimento. Seus ouvidos estão saturados dos clamores de gongos, do ruído estridente de flautas antigas, do bater de palmas ritmando uma dança ou saudando um discurso, do sussurrar das ondas revirando seixos arredondados dentro do seu ventre verde-claro. Seus olhos, irritados pelo vento, pelas lágrimas, pela maquiagem pesada das cortesãs. Seus lábios inchados por mil beijos. Seus dedos recobertos por um invisível pó dourado.

Dessas leituras desordenadas, Juliette emerge às vezes nauseada, com mais frequência embriagada de espaço, de paixão, de terror. Não é mais ela quem, às 16h45, recebe Zaïde à porta da cozinha: é Salambô, Alexandre, Sancho Pança ou o barão nas árvores, a terrível lady Macbeth, a Charlotte de Goethe, Catherine Earnshaw — e, às vezes, Heathcliff.

— Conta — exige a menina.

E Juliette conta enquanto passa manteiga em três torradas, nem uma a mais ou a menos. Torradas que a menina degusta com mordidas miúdas — é preciso fazer durar o prazer.

— Você é como Soliman — comenta Zaïde no quinto dia.

Juliette repara que ela nunca diz "papai". Zaïde é, a seus olhos, uma adulta em miniatura, por vezes bem mais séria, e de uma lógica implacável.

— Por que como Soliman?

— Ele sempre diz que foi ao outro lado do mundo sem sair da cadeira. Vai fazer igual? Você não sai mais. Só passeia dentro da sua cabeça. Ah, eu não poderia.

— No entanto, você adora as histórias — comenta Juliette, enfiando o dedo no pote de geleia de framboesa. Lambe-o, esquecida de que deve dar exemplo de boas maneiras.

— Adoro porque...

Zaïde apoia o queixo no pequenino pulso e põe-se a refletir, as sobrancelhas franzidas. A expressão torna a sua semelhança com o pai tão impressionante que Juliette fica emocionada — perturbada. Sente saudades de Soliman. Ainda não recebeu notícia alguma, e começa a ficar inquieta.

— As histórias me dão vontade de viver aventuras também. Mas vocês, ah... vocês não gostam de aventuras — acusa.

— Claro que gostamos!

— Até parece! Posso apostar que hoje em dia ia ficar com medo de andar de metrô.

Juliette ergue a mão direita, voltando a palma para Zaïde.

— Quer apostar? Não tenho o menor medo.

— Aposto, depende do quê — responde a criança, com malícia. — As apostas dos adultos não são divertidas. Eu aposto uma viagem.

Surpresa, Juliette ergue uma das sobrancelhas.

— Uma viagem? Mas não sei se...

— Uma viagem para qualquer lugar. Para o terreno atrás da escola. Lá para os lados das torres altas que vi um dia quando fui ao dentista. Para qualquer lugar, tanto faz. Uma viagem é quando vamos a um lugar que não conhecemos — acrescenta.

— Fechado — murmura Juliette, com o coração apertado.

— E você, aposta o quê?

Ela engole em seco. Não vai cair no choro na frente daquele toquinho de gente que sonha com lugares remotos tão próximos, como se sair do próprio bairro seja um presente extraordinário.

— A mesma coisa.

O sorriso maravilhoso que Zaïde abre é, ao mesmo tempo, uma recompensa e uma punição.

— Amanhã — afirma —, vou andar de metrô.

— Vai fazer a linha inteirinha?

— Juro, toda a linha. Nos dois sentidos.

— Várias vezes?

— Várias vezes, se você quiser. Por quê?

— É melhor, você vai ver.

"Decididamente, essa menina travessa é parecida demais com o pai."

19

Zaïde não se enganou, compreende Juliette no instante em que, esbaforida, sobe a escada que leva à plataforma: está em pânico. A sacola a tiracolo pesa: leva quatro livros, um deles muito grosso, provavelmente de algum autor russo, mas nem verificou o título. Esse peso lhe traz conforto, ancora-a entre os corpos espremidos ao redor. Esqueceu a que ponto são numerosos. Esqueceu-se dos perfumes por vezes agressivos, dos pisões, dos resmungos, dos olhares desviados quando, a cada duas ou três estações, entra um pedinte maltrapilho com a mão estendida ou recitando em voz monocórdica a súplica repetida em cada vagão. Esqueceu-se das trepidações, dos estalos, dos zumbidos, da garganta escura dos túneis, do repentino afluxo de luz quando o trem emerge sobre os viadutos, quando um raio de sol reflete a claridade no vidro de uma janela ou numa fachada e varre os rostos.

Escorada numa janela, oscila no mesmo ritmo dos demais passageiros. Abre um dos livros, um romance policial surpreendente, capaz de a enredar como um torvelinho. De tempos em tempos, leva um susto e perde a concentração quando um braço ou um cotovelo roça nela, quando uma risada estridente demais ressoa no espaço estreito, quando um baixo obstinado ribomba nos fones de ouvido de um passageiro, mesclando-se aos sons imaginados durante a leitura.

E vai lendo assim até o final da linha, sem medo de perder, pelo menos uma vez na vida, a estação: é insólito, porém reconfortante.

Estação Nation, a terminal. Ela permanece sozinha, sem erguer os olhos das páginas que vira. Então o metrô parte de novo, desta vez no sentido contrário. Juliette não muda de lugar. E, de novo, a cidade se descortina sob o seu olhar distraído — mantém um dedo entre duas páginas, separa-as, muitas vezes reencontra o seu personagem, louro, magro, inocentemente cruel — e sedento de amor.* Aos porões onde ele combate sobrepõem-se imagens tremeluzentes nos vidros fustigados pela chuva, deformados, angulosos, as cores misturando-se, deixando nascer um cintilar ilusório, fugaz.

Uma cidade, ou melhor, a sua imagem invertida, a mesma, e o mesmo lado da via. Juliette nunca prestou atenção nisso antes, mas sempre preferiu ter o Sena à direita quando seguia na direção da praça Étoile. Sempre olhava para o rio, e à noite sentava-se de modo a deixar o olhar navegar pelo fluxo, virando a cabeça à esquerda, no sentido do trem em movimento.

— Você é mesmo engraçada.

Juliette tem um sobressalto. Ela própria poderia pronunciar essas palavras, talvez até as tivesse formulado em pensamento, mas a voz é de Chloé.

Sentada à sua frente, a ex-colega de trabalho veste um tailleur verde limão, um lenço de seda cor-de-rosa no pescoço e gloss nos lábios combinando com o lenço.

— Tentei ligar pra você umas dez mil vezes.

Juliette repele a imagem do celular enterrado sob as pilhas ainda não organizadas da *Grande Enciclopédia Larousse* em quinze volumes, uma raridade encadernada em couro.

— Eu... acho que devia estar sem bateria.

---

* Paola Barbato, *Mani nude*. (N.A.)

Não é mentira. O que não a exime da sensação de culpa.

— Faz uma hora que eu tô te seguindo — diz Chloé. —Você foi até a estação final com o nariz enfiado no livro, e agora já está voltando. O que anda aprontando? Tá trabalhando pra companhia de transportes parisiense? Fazendo pesquisas, é isso? Anotações nas margens do livro? Confesso que preferiria que fosse uma dessas hipóteses, senão acho melhor você procurar a emergência de um hospital psiquiátrico, amiga.

Juliette não contém o sorriso. Sentiu saudades de Chloé também. Dos penteados estapafúrdios, dos dentes irregulares, do riso fácil, dos saltos de sapato vertiginosos e dos comentários nada sutis. Até mesmo da compulsão por compras na internet e do gosto duvidoso para se vestir. Na verdade, sentiu falta disso tudo.

— Não está zangada comigo? — pergunta Juliette com uma ponta de ansiedade.

— Com raiva de você? Por que estaria?

— Por causa dos livros.

— Que livros? Ah, aqueles... Claro que não, já virei a página, fofinha. Só você dá importância a...

De repente, Chloé franze as sobrancelhas, como se uma lembrança relegada a segundo plano tivesse voltado à sua memória.

— Mas agora que tocou no assunto... Você largou um livro lá quando foi embora. Em cima da minha mesa. É disso que está falando?

— É — responde Juliette. —Você leu?

— Mais ou menos. Tá bom, li.

Ela olha para os outros passageiros, faz bico, e depois cochicha, uma das mãos tapando parcialmente a boca:

— Eu li, sim. Inteirinho.

— E aí?

Juliette tem medo de pressionar demais, mas está morrendo de curiosidade.

Chloé se empertiga toda e ajeita o lenço com ar convencido.

— E aí que pedi demissão.

— Você também?

— Eu também. E quer saber de uma coisa? Tive impressão de que o tal livro concordou com a minha decisão. Acho até que me encorajou. Isso deve parecer normal pra você, mas pra mim...

A voz treme, os olhos se arregalam quase assustados, como se, naquele exato instante, estivesse tomando consciência de ter sofrido alguma manipulação mental ou ter sido hipnotizada sem nem se dar conta.

— E está fazendo o quê agora? — pergunta Juliette, um tanto inquieta.

De Chloé pode-se esperar tudo: ter montado uma empresa para levar para passear os pets exóticos dos ricaços do 16º arrondissement, focada especialmente em lagartos gigantes; pode ter se tornado modelo de lingeries tamanho PP; pode estar organizando visitas sonoplásticas aos esgotos de Paris; pode estar fazendo delivery de coquetéis uísque-Kiri-kiwi a qualquer hora do dia ou da noite, e de bicicleta...

— Eu tô fazendo um curso de confeitaria. E mais um de maquiagem. E mais outro ainda de contabilidade — enumera Chloé. — Foi o *home staging*, entende, que me deu a ideia. E o seu livro.

— Mas que ideia?

— A de organizar casamentos. Ou festas para celebrar uniões estáveis, ou o que preferirem, uniões druídicas por exemplo, ou mesmo bênçãos de paraquedas com padre e tudo. Organizar qualquer coisa para deixar as pessoas felizes. Se estiverem felizes num dia especial desses, sabe, muito, mas muito felizes mesmo, não terão vontade de destruir essa felicidade, então vão se esforçar. Aliás, preciso que você prepare uma lista pra mim...

— Das minhas amigas que estão pensando em se casar? Pode esquecer.

— Não — retoma Chloé com ar impaciente. — De livros. Vou oferecer um livro a cada casal. Será o toque a mais, a cereja no bolo, sacou?

Sim, Juliette entendeu. Mas uma outra pergunta queima os seus lábios:

— Chloé... Tenho vergonha de confessar, esqueci o título do livro que deixei para você. Mas lembro que o escolhi a dedo... Não me leve a mal... Ando muito ocupada com livros nos últimos tempos (é um eufemismo, sabe disso...) e acabo me confundindo.

Sua antiga colega de trabalho olha para ela com a indulgência de hábito reservada a crianças de três anos e a pessoas senis.

— Eu entendo, meu amor.

Ela revira a bolsa e brande triunfante um pequeno volume.

— Tchan tchan tchan tchan! Olha ele aqui! Eu não largo esse livro por nada desse mundo. É o meu talismã da felicidade. Comprei cinco exemplares só para ter certeza de levar sempre um comigo.

Juliette olha a capa, onde, sobre um fundo azul, aparece uma flor escarlate na palma de uma mão feminina, coberta quase por completo pela manga de um pulôver de lã grossa.

Ito Ogawa. *Le Restaurant de l'amour retrouvé* [*O restaurante do amor recuperado*].

20

"Mudar de lugar. Fazer um esforço para mudar de lugar. E não só no metrô."

Essas três frases curtinhas não abandonam Juliette desde que observou Chloé, radiante, afastar-se pela plataforma da estação Pasteur, passando ao lado de um casal que tirava fotos na frente de um anúncio gigante do perfume Chanel nº 5. A noiva estava usando um vestido amarelo limão de tule; parecia uma borboleta. "Voará para onde? Para dentro do túnel. Não, este não é um pensamento positivo", recrimina-se. "Mas não dá para ser positiva *sempre*."

Entretanto, o encontro com a ex-colega de trabalho lhe fez bem. Para o seu espanto, o sr. Bernard fechou a imobiliária. Embalou a cafeteira pessoal, a preciosa xícara de chá e mudou-se para uma casa beirando a floresta, em algum lugar em Ardèche. Finalmente compreendeu, revelou a Chloé, o seu mais profundo desejo: sair de casa pela manhã e ver um cervo fugir correndo e desaparecer na bruma.

"Você deixou um livro pra ele também?", indagou Chloé.
"Deixei."

"Qual?"

Juliette lembra-se muitíssimo bem. *Walden, ou a vida nos bosques*, de Henry David Thoreau. Na ocasião, hesitou entre este e uma antologia de contos de Italo Calvino. Decidiu-se levando em conta o número de páginas do livro. Na sua opinião, o sr. Bernard desprezaria um volume fino demais: ele sempre fingiu gostar de pessoas "com conteúdo".

Saltitante, entra na ruela onde o grande portão enferrujado à esquerda forma uma sombra escura e opaca. Sente-se bem. Talvez seja capaz, afinal, de fazer algo útil da sua vida, incutir um pouco de energia, um pouco de coragem ou leveza às pessoas por meio dos livros oferecidos. "Não", corrige-se de imediato. "Tudo não passou de obra do acaso. Você não influiu em nada, não se dê tanta importância, minha filha." Esta última frase veio automaticamente e soando como uma canção infantil, palavras cantaroladas quando criança sem prestar atenção ao seu sentido, mas sempre repetidas.

Quem lhe disse isso? Ah, claro: uma professora na quarta série do ensino fundamental. Ouviu a frase toda vez que obteve, ou acreditou ter obtido, algum êxito. A professora não acreditava nas virtudes do que agora é conhecido como "reforço positivo"; jamais algum incentivo saía da sua boca. Se alguém era bom em matemática ou em desenho, tratava-se do resultado da genética, da educação ou de uma complexa configuração planetária. "O acaso. O acaso. Não se dê tanta importância, minha filha."

"Você não influiu em nada."

Juliette chega ao portão. Pousa a mão na fria maçaneta de metal. "Talvez eu tenha alguma influência. Mesmo que pouca."

Repete a frase em voz alta. É como uma minúscula vitória.

Depois nota um detalhe banal — ao menos deveria ser, mas não é, não mesmo — que a congela.

O livro usado para manter o portão entreaberto desapareceu.

"Não é possível. Não é possível."

Juliette não consegue pronunciar essas palavras em voz alta, mas as repete sem parar, como que querendo erigir uma barreira entre ela e o que Leonidas acaba de informar, um Leonidas que perdeu o seu sorriso de gato, um Leonidas pálido, cujo rosto, de repente, se assemelha a um queijo branco em vias de se desmanchar, se desmanchar, até... o quê? Isso a assusta, esse rosto vai se desfazer diante dos seus olhos, espalhar-se e desaparecer entre as ranhuras do cimento, e dele só restará o chapéu. "Que imagem horrível e incongruente, sobretudo nesse instante..."

Ela nunca deveria ter se apoiado com força no portão, nunca deveria ter entrado naquele pátio, tampouco girado a maçaneta da porta daquele escritório.

Não para ouvir *aquilo*.

— Quando foi?

Ela recupera parte da voz. Um guincho de camundongo.

— Faz três dias — responde Leonidas. — O hospital demorou a encontrar o endereço. Ele informou outro, falso, é claro.

— Mas por que falso?

— Acho que planejava apenas desaparecer. Talvez pensasse em proteger Zaïde. Ou nos proteger. Jamais saberemos.

— Mas quando vamos fazer uma cirurgia, precisamos dar o nome de uma pessoa de confiança, é o que dizem — argumenta.

— Mas ele fez isso.

Seu rosto se enruga ainda mais, unindo as mãos à frente, num gesto mais de raiva que de oração.

— Silvia. A que... Você sabe...

Não, Juliette não sabe. Olha as próprias mãos pousadas sobre os joelhos, imóveis, parecendo mortas.

— A que sempre levava com ela um livro de receitas. A que... Ela também costumava tomar a linha 6. Como você. Como eu.

113

— Ah...

— Eu era apaixonado por ela e nunca me declarei. Eu me contentava em observá-la. No metrô. E mais, nem todos os dias. Na sua frente, Juliette. Você nunca percebeu, tenho certeza. Nem ela.

Não, Juliette nunca percebeu. E não tem vontade de escutar mais detalhes — não naquele instante. Ele compreende e imediatamente pede desculpas.

— Sinto muito.

Ela permanece em silêncio, apenas balançando a cabeça.

— Soliman. Soliman está morto. Ele faleceu após se submeter a uma cirurgia cardiovascular, uma cirurgia arriscada que adiou por muito tempo — explica Leonidas —, além do razoável. Como se quisesse — acrescenta ele — não se permitir nenhuma chance.

Tudo isso ele soube quando foi ao hospital.

"Enquanto eu estava no metrô. Enquanto conversava com Chloé. Quando me sentia feliz e um pouco orgulhosa de mim mesma, uma vez na vida."

— E Zaïde? — indaga. — Cadê ela?

— Ainda não voltou da escola. Ainda é cedo, você sabe.

Não, Juliette não sabe mais nada. Está sentada ali há séculos, com aquela coisa crescendo na sua barriga, crescendo, crescendo, e que não é nem uma vida nem uma promessa. Uma morte, ou melhor, um morto, um morto recente que será preciso aceitar e acalentar, e consolar, e conduzir...

A palavra atinge-a, mas Juliette logo se recompõe. Prometera uma viagem a Zaïde — pois a sua aposta não tinha sido uma aposta de verdade — e manteria a promessa. Mas depois, não seria obrigada a...? Ela não encontra palavras para formular a imagem deprimente que se apresenta, e tampouco deseja encontrá-las, ao menos, não agora.

Leonidas pigarreia e se aproxima.

— Zaïde é feliz aqui — sussurra. — Mas não nos permitirão cuidar dela.

Com ou sem cachimbo, aquele homem é um feiticeiro. Muitas vezes, desde que o conheceu, Juliette achou que ele conseguia ver através das capas dos livros; sem dúvida, um rosto não lhe oporia maior resistência.

— Eu sei. No entanto, não posso suportar a ideia de...

Não, não pode prosseguir. Mais uma vez, ele compreende.

— Nem eu. Contudo, a menina tem mãe, embora Soliman nunca nos tenha falado a seu respeito.

— Eu pensei... que ela estivesse morta.

Ele pousa, desajeitado, a sua larga mão na da jovem. Ela se retesa, depois se entrega ao calor reconfortante propagado pelos dedos roliços.

— Eu sei onde ela mora — continua. — Soliman me contou. No dia em que o fiz descobrir que as bebidas alcoólicas gregas são tão boas quanto eram as infusões de ervas dele. Ele estava bêbado de cair, e, na ocasião, senti remorso.

Leonidas baixa a cabeça, as bochechas tremendo, e conclui:

— Mas agora não estou arrependido.

21

A mão de Zaïde não tem nada em comum com a de Leonidas: é pequenina, tanto que, a todo instante, Juliette sente medo de que escape da sua. De pé na plataforma C, luta contra um vento que, a intervalos regulares, levanta papéis amassados, abandonados debaixo dos assentos de acrílico, e os faz girar num turbilhão preguiçoso, para abandoná-los pouco mais adiante. Os passageiros dessa linha, observa, precisam caminhar curvados para resistir a tal pressão intermitente, a cabeça baixa para se protegerem das rajadas, os ombros levantados, as mãos agarradas ao cabo do guarda-chuva.

Dourdan-la-Forêt. É esse o nome da última parada. Juliette não pode errar a saída e acabar na plataforma em direção a Marolles--en-Hurepoix — olhando o mapa da linha, Zaïde repetiu várias vezes esse nome, como se estivesse na ponta da sua língua, deixando um gostinho salgado, delicioso — e a Saint-Martin-d'Étampes.

— É a minha viagem, é a minha viagem — repete a menina, em tom ritmado.

Ela acaba de inventar uma espécie de jogo da amarelinha com regras confusas que a *obrigam* a pular com os dois pés bem próximos da linha que marca a área que não pode ser ultrapassada, mas que ela ultrapassa, claro, uma a cada duas vezes que vai e volta. Juliette, um tanto ou quanto nervosa, puxa-a para trás. Zaïde fica imóvel e a encara zangada.

— Você é igual ao papai. Tem medo de tudo.

A palma da mão de Juliette umedece. Pela centésima vez, talvez, questiona-se se ela e Leonidas estão agindo corretamente ao esconder de Zaïde a verdade sobre Soliman. Na realidade, não lhe contar sobre a morte do pai não foi uma decisão pensada, razoável, nem mesmo efeito da compaixão vivenciada — ou da sua própria dor: ambos recuaram, de comum acordo, diante do obstáculo.

Recuaram, sim. Sem ver nada além do muro que precisariam transpor — impossível! — ou demolir às cegas, sem saber quais plantas germinadas entre as pedras morreriam uma vez as raízes expostas, ressecando ou apodrecendo. Zaïde é uma pessoinha teimosa, com respostas para tudo, por vezes cortantes. Leonidas considera a menina bem firme, pé no chão, habituada de longa data à estranheza do pai, que ora o paparicava e com quem até ralhava.

"Exatamente", concordou Juliette.

E não deu mais explicações. Segundo o seu conhecimento, todos os psicólogos, independentemente da escola a que pertençam, consideram a verdade a única alternativa à neurose, ou seja, lançariam a sua intuição por terra em dois segundos.

Mas essa intuição foi insistente o suficiente para Juliette decidir, uma vez na vida, confiar em si mesma. Provisoriamente.

Zaïde, ao contrário do que Juliette imaginou, recebia cartas da mãe com regularidade. Nos últimos dias, mostrara páginas de magníficos desenhos coloridos, cercados de legendas escritas numa letra minúscula cheia de floreios. "Aqui, a casa." "Um passarinho nos galhos da romãzeira, bem à frente da porta da cozinha." "Você adoraria este passeio, um dia faremos juntas."' "Encontrei esse burrinho à margem de um campo, conversamos um tempão; aposto que isso não vai te surpreender."

Firouzeh assinava com um "F" todo enfeitado, cercado de espirais que pareciam flutuar sobre o papel.

"Firouzeh quer dizer turquesa", explicara Zaïde. "Mamãe mora muito longe… numa cidade chamada Shiraz."

Ao levar Juliette até o seu quarto, Zaïde retirara um atlas — grande e pesado demais para ela — do monte de livros que escorava a sua cama do lado da porta e, virando as páginas com capricho, apontara o dedo para um ponto em torno do qual traçara um círculo com um marcador de texto de um azul intenso.

A grande custo, Juliette reprimira as perguntas que lhe queimavam os lábios. "Por que a mãe de Zaïde escrevia em francês?" "Por que Soliman deixara o Irã com a filha, e havia quanto tempo?" "O que aconteceu com ela?" "Por que Firouzeh, a mulher dele, voltara para a França alguns meses atrás, sem, no entanto, ir procurá-los?" Leonidas não pôde lhe fornecer a menor pista. Havia alguns dias, andava apático, mudo. Chegava pela manhã, instalava-se exatamente ao lado da escrivaninha de Soliman e mergulhava na contemplação da foto de Silvia — a mulher da linha 6, a tal que lia receitas culinárias e, certo dia, decidira ingerir a própria morte, engoli-la, deixar-se arrebatar por ela como pela surpresa de um sabor desconhecido.

Juliette aperta com mais força a mão de Zaïde. O arrepio que a percorre não se deve em nada ao vento incessante. Está com medo. Claro, Leonidas escreveu para a mãe da menina — só tem a caixa postal. Claro, Firouzeh respondeu, por carta também, com um simples "venham" rabiscado sobre um cartão, por sua vez guardado dentro de um envelope coberto de esboços que Juliette ficou admirando por um tempão antes de mostrá-lo para Zaïde. Uma casinha cuja fachada é sombreada pelos galhos envergados de uma árvore que parece imensa, um carvalho ou uma tília, provavelmente; uma janela em cujo parapeito repousam jardineiras com flores alaranjadas e vermelhas; uma cerca pintada, não de branco, mas de verde, atrás da qual se avista, num fundo suave de folhagens já tingidas pelo outono, a silhueta de um cervo.

A menina acariciou cada desenho. Sequer demonstrou surpresa...

— Está chegando! Está chegando! — berra a menina.

A mochila sacode, as tranças decolam, Zaïde vira o rosto, deslumbrada, para a extremidade da plataforma. Terá sofrido com a vida reclusa imposta por Soliman, uma vida de restrições, apesar de protegida, que a levava todos os dias de casa para a escola? De certa maneira, Juliette escolhera a própria rotina: a Zaïde, a rotina fora imposta. Mas, hoje, tanto uma quanto a outra estão sentindo o frisson da aventura.

Dourdan-la-Forêt... sim, é uma aventura. Dependendo do ponto de vista, o mais ínfimo contratempo pode se tornar uma aventura.

22

Elas encontram certa dificuldade em localizar a casa, situada a dois quilômetros da estação, na direção do bosque, o bosque desenhado pela mãe de Zaïde no envelope enviado à filha em pinceladas de aquarela sobrepostas em tons de amarelo ocre e verde-claro. A atmosfera cheira a fumaça. Uma gaiola pintada de azul vibrante serve de caixa de correio, e a base, fincada meio inclinada perto de uma cerejeira baixinha, faz as vezes de suporte.

— É aqui? — pergunta Zaïde, em tom sério.

— Acho que sim — responde Juliette.

De repente, as palavras ganham o peso e a densidade das bolas de ferro, ornamentadas com espirais, que alguns homens estão lançando, do outro lado do muro de um armazém, num quadrado de areia. Anos a fio, Zaïde deve ter escutado o barulho das bolas entrechocando-se e as exclamações exasperadas ou entusiasmadas dos jogadores. E Juliette não pôde se impedir de baixar os olhos para a boca da menina, imaginando que, assim como em certos contos, dela sairiam os mais extraordinários objetos.

Porém, nada acontece. Ao pé da gaiola, a terra está toda pisoteada; pegadas visíveis por quase todo lado, tanto vindo quanto partindo da casa. Pegadas pouco profundas embora bem delineadas. Firouzeh tem pés de bailarina, repara Juliette; deve ser baixinha e leve. Resumindo, uma Zaïde em versão adulta.

Sempre de mãos dadas, seguem as pegadas até a porta recém-pintada da mesma cor da gaiola. Juliette ergue a mão livre e bate. De imediato, a porta se escancara. Estariam sendo espiadas por uma das janelas baixas, abertas de um lado e outro da entrada? Provavelmente. Mas a mulher que aparece na soleira em nada se parece com aquela imaginada por Juliette: ela é ruiva, dona de curvas generosas, está enrolada num grande poncho de franjas e, no nariz arrebitado, traz uns oclinhos redondos e com armação de metal. Ignorando Juliette, agacha-se diante da filha e estende-lhe as duas mãos com as palmas voltadas para cima. Por um instante, a criança permanece imóvel e séria, mas em seguida se inclina e encosta a testa, por um instante apenas, nos dedos unidos. Talvez esteja soprando uma palavra que Juliette adivinha, sem de fato escutá-la.

Morto.

Um caminhão passa na rua e os vidros das janelas estremecem provocando um barulhinho cristalino. De repente, Juliette revê Soliman ocupado com a sua cafeteira inventada, batendo as xícaras enquanto o forte aroma de café se espalha entre os livros.

— الوخوشحالین* — murmura Firouzeh.

Juliette não compreende, claro, se as palavras estão sendo dirigidas a ela, ou também a Zaïde, assim como não sabe que está chorando, até sentir as lágrimas escorrerem pelo pescoço e molharem a echarpe, a azul, a predileta.

---

* "Agora ele está feliz."

Tomam chá, acendem o fogo e sentam-se em almofadas espalhadas em volta da lareira. Firouzeh segura um mata-moscas com o qual envia de volta as fagulhas liberadas pela lenha. E Zaïde aplaude o gesto todas as vezes. Juliette deixa escorrer o mel ao longo do cabo da colherzinha, observa o ouro líquido tingir-se de escarlate e de verde ao sabor das chamas que irrompem ou se abrandam.

Uma.

E mais uma.

— Eu não quis abandonar o meu país — diz Firouzeh de supetão. — O meu pai e a minha mãe moravam lá, estavam envelhecendo. Além disso, nunca gostaram de Soliman. Para eles, o meu marido era um homem de papel, entende? Ele não existia de verdade. "Não se sabe o que tem na cabeça", dizia o meu pai. Eu sabia; quer dizer, achava que sabia. Amor por mim, pela nossa filha, pelas montanhas — morávamos no sopé das montanhas —, pela poesia. Isso basta para preencher uma vida, não acha?

Ela não espera resposta. Murmura enquanto atiça a brasa.

— Enfim, eu acreditava nisso porque me convinha. Para mim, a poesia... é tudo muito complicado, um caminho tortuoso que às vezes não leva a lugar nenhum. Prefiro as imagens, as cores; no fundo, talvez seja tudo a mesma coisa. Eu e Soliman discutíamos o assunto sem parar, e isso me cansava. Eu dizia, "a vida não é como uma amêndoa, você não encontrará a parte mais saborosa depois que quebrar a casca". Mas ele, ah, ele insistia. Ele era assim. Saía cada vez menos, passava o dia inteiro trancado no mesmo cômodo, aquele cuja janela dava para o jardim de amendoeiras. "As mesmas coisas", repetia ele, "olhadas com frequência, observadas com obstinação, podem nos entregar a chave de quem somos." Eu não sabia o que ele buscava, o que desejava...

Firouzeh levanta a cabeça. Seu olhar está fixo, sombrio demais.

— Nunca o compreendi. Ele também nunca me compreendeu. É assim, suponho, com a maioria dos casais. Os dois contam tudo de si apaixonadamente, então acreditam saber tudo um do outro, tudo compreender, tudo aceitar, e depois chega o primeiro atrito, o primeiro golpe, não forçosamente dado por maldade, não, mas dado, e tudo se estilhaça... e ficamos nus e sozinhos ao lado de um estranho, ele também nu e sozinho. É insuportável.

— Ele não suportou — diz Juliette em voz baixa.
— Não.
— E foi embora.
— Sim. Com Zaïde. Fui eu que quis assim. Ela era mais apegada a ele do que a mim. Eu sabia que tudo seria mais fácil para ela na França. E talvez para ele também.
— Afinal, por que então decidiu vir para cá?
— Meus pais morreram. Eu não tinha mais ninguém no meu país. Ao chegar aqui, não pensava em outra coisa: rever a minha filha. Eu quase... e então...

Fecha os olhos.

— Eu não estava inteira. O exílio é... não sei explicar de outra maneira. Eu não estava *mais* inteira, e não queria impor isso a Zaïde. Esse vazio, essa angústia, esse "nada" que eu não conseguia aplacar. Então, esperei. Tínhamos vendido terras, não passávamos necessidade. Lá eu exercia uma profissão. Eu era professora, professora de francês... Aqui comecei a ilustrar alguns livros infantis. Isso ajudou. O dinheiro também ajudou Soliman no início.

— Mesmo que esse recomeço fosse um homem que andava de um lado para o outro num único cômodo...
— Ele dizia que um único cômodo pode conter o mundo.
— Os livros — murmura Juliette. — Os livros. Claro.

Então, é a sua vez de começar a contar.

23

Faz três dias que Juliette continua à espera na casinha beirando a floresta — aliás, ela própria não sabe o que está esperando.

Sabe apenas que essa espera é um país frio e tranquilo, incrivelmente luminoso, vasto, deserto, e no qual se lança sem resistência, com alívio mesmo.

Não para de chorar. Tal e qual uma criança diante do seu primeiro desgosto, tal e qual uma adolescente no primeiro término de namoro. A mera visão de uma xícara de café a leva às lágrimas, um velho pulôver preto jogado nas costas de uma cadeira arranca-lhe soluços. Num relance, ela imagina ver a roupa desdobrada, em movimento, vestindo a silhueta familiar, desengonçada, que deve ter encolhido na lavagem, e nas quais Soliman não mais conseguiria enfiar os braços compridos.

Firouzeh, impassível, acompanha-a com o olhar e não tenta consolá-la, a não ser trazendo xícara após xícara de chá.

— Você poderia ser inglesa, não? — brinca Juliette entre dois soluços, enquanto enxuga os olhos com a ponta do xale com que Zaïde, solícita, lhe cobriu os ombros. — Os ingleses veem o chá como uma espécie de solução para tudo. Firouzeh, você sabia que na Agatha Christie...

— Nunca li — interrompe Firouzeh, exultante. — Como eu já disse, prefiro as imagens. As cores. Os gestos. O que acaricia o papel, a pele...

Juliette repousa a xícara na moldura da lareira. Sua mão treme ligeiramente.

— A pele dele... A pele de Soliman... Era morena, mas não do mesmo tom, homogênea; havia partes mais escuras, áreas pálidas... uma granulação... e o formato das coxas... eu precisaria mostrar a você... desenhar...

— Não — sussurra Juliette, o olhar fixo nos bicos dos sapatos.

Firouzeh estende a mão na sua direção.

— Juliette... Você e ele... Vocês não eram...?

— Não.

— Mas você não para de chorar.

— Eu sei. Não é normal, é isso o que quer dizer? — dispara, de súbito agressiva. — E Zaïde não chora. Por acaso isso é normal?

Os dedos de Firouzeh descansam sobre os de Juliette, e esta tem a sensação de que um passarinho da floresta acabou de escolhê-la para pousar, e sente-se estranhamente reconfortada.

— *Normal...* Nunca compreendi o sentido dessa palavra. E você?

Como a resposta tarda, acaricia os cabelos da filha que se aconchegou, e começa a cantarolar com os lábios cerrados. A melodia é surpreendente: às vezes, grave até ficar inaudível — apenas uma vibração na garganta trai o som que habita o corpo da cantora —, outras vezes, aguda, fina e tensa como um solo de criança. Zaïde fecha os olhos e enfia o polegar na boca.

Juliette deixa uma última lágrima secar na maçã do rosto e contempla a menina. Vê os anos recuarem no rosto — no entanto, tão juvenil — e Zaïde recuperar a imagem da recém-nascida deitada em cima da barriga da mãe, no dia do parto.

— Se é normal eu não sei — acaba por dizer. — Só sei que estou me sentindo vazia, apenas isso. Minha vida é repleta de pequeninas coisas. Embora não me agradem, quer dizer, não de verdade, mas elas estão ali e me bastam. E depois eu encontrei os dois...

Fecha os olhos um instante apenas.

— Eu deveria dizer os quatro. Soliman, Zaïde, o homem do chapéu verde e a mulher que... que também morreu. Cada um deles me deu uma coisa, e ao mesmo tempo me tiraram tudo. Não sobrou mais nada, entende? Sou como uma concha vazia. Sinto o ar atravessando o meu corpo. Sinto frio.

— Você tem sorte — diz Firouzeh devagar. — Quanto a mim, estou repleta dessa criança que reencontrei. Da sua ausência. Da sua presença. Da morte que nos reuniu. É o fim da minha viagem... por enquanto. Mas não pense que lamento.

Solta-se com delicadeza dos bracinhos que a enlaçam, caminha até a janela e abre as duas venezianas. Uma lufada de vento forte penetra o aposento, e salpicos de chamas saltam das brasas e ganham uma tonalidade azulada.

— O vento — diz Firouzeh —, o vento... Vá lá fora, Juliette, vá respirar. Vá escutar o vento. Você passou tempo demais trancada com os livros. Como ele. Tanto os livros quanto as pessoas precisam viajar.

Zaïde não desperta. Mas se mexe um pouco, como um gatinho que se espreguiça no meio de um sonho e ronrona sob a carícia de um fantasma querido.

Apesar do conselho, Juliette leva um livro no bolso. Sente o formato dele enquanto dá uma volta do lado de fora da casa, em passos miúdos.

"Eu sou de dar dó. Pareço uma velhinha."

Debochar de si mesma faz-lhe bem. Tocar na capa através do tecido, também. É um livro de Maya Angelou, *Carta a minha filha*, que guardou no bolso no último instante, antes de sair da casa de Soliman. Por estar no topo de uma pilha ao alcance da mão, por não ser muito grosso e porque as duas sacolas pesavam muito. ("Não tenho o hábito de escolher as minhas leituras pelo peso; foi a primeira vez. Mas não foi necessariamente uma má ideia", reflete. "E não deixa de ser uma nova modalidade para a classificação dos exemplares: livros grossos, livros para ler ao pé da lareira ou em férias longas e ociosas, livros para piquenique, coletâneas de contos para trajetos frequentes e curtos, antologias para recolher aqui e ali informações sobre um mesmo tema a cada pausa, quando o telefone emudece, quando os colegas saem para o almoço, quando nos encostamos no balcão de um bar para tomar um espresso duplo, acompanhado de um copo d'água que fazemos durar até a conclusão do texto.")

Durante o trajeto, só teve tempo para folheá-lo; Zaïde não parava de chamar a sua atenção para essa ou aquela maravilha avistada ao longo da via — a lona listrada vermelha e branca de uma tenda de circo, uma bacia onde canários nadavam, uma fogueira de folhas num jardim de onde a fumaça subia em espiral na direção do sol. E todas aquelas ruas, aqueles carros, todos indo a algum lugar, assim como elas.

"Como as pessoas se mexem, que loucura!", declarou a menina. "Não param."

Naquele instante, Juliette deslizou o dedo entre duas páginas e leu:

> *Eu sou uma mulher negra*
> *alta como um cipreste*
> *de uma força ainda indefinível*
> *desafiando o espaço*
> *e o tempo*
> *e as circunstâncias*
> *agredida*
> *imprevisível*
> *indestrutível*

Mas não pôde continuar a leitura. À noite, no sofá da sala, onde Firouzeh deixou travesseiros e um edredom quentinho, apanhou novamente o volume fino. O poema não é da autora do livro, mas de Mari Evans. Mari Evans, cujo nome logo digitou num site de busca, foi — franziu os olhos, aumentando a página surgida no seu celular — uma escritora que nasceu em Ohio, 1923, e esse poema, *I Am a Black Woman* [*Eu sou uma mulher negra*], transformou-se numa espécie de palavra de ordem para muitos afro-americanos, inclusive Maya Angelou. Durante toda a existência, Mari Evans militou a favor de melhores condições de vida para as mulheres negras. Michelle Obama declarou que o poder das palavras de Maya Angelou conduziu uma menina negra dos bairros pobres de Chicago até a Casa Branca.

Em seu livro, Maya Angelou citou esse poema como um exemplo da exaltação contra o aviltamento.

E os últimos versos são:

> *Olhe*
> *para mim e sinta-se*
> *renovada.*

24

"Não sou negra. Não sou alta como um cipreste. Não sou forte. Não sou imprevisível. No entanto, também tenho desafios a enfrentar. Então, olhar e sentir-me renovada... seria bom. Mas olhar o quê? E para onde?"

Juliette, o rosto erguido, dá um giro de 360 graus em torno de si mesma. Usa uma parca bege muito larga emprestada por Firouzeh, e acha-se um tanto ou quanto ridícula, parecendo uma criança que mexeu no armário da mãe. A echarpe azul, enrolada duas vezes no pescoço, sobe até o nariz; respira o ar frio através dos pontos tricotados um a um pelos dedos da avó. De repente, visualiza esses dedos com grande clareza: meio nodosos, a pele coberta pelos sinais conhecidos como manchas senis — que imagem horrível! Os dedos da avó — e os de Silvia, a mulher do metrô, a que decidiu abandonar uma vida na qual talvez não tivesse mais ninguém para quem tricotar echarpes ou se dedicar a tornar a existência um pouco mais alegre — haviam, agora, interrompido todos os movimentos, e esse especificamente fazia falta, essa imobilidade deturpava o ritmo do mundo, refletia Juliette. Era preciso encontrar alguma coisa, e rápido, para reproduzi-lo.

"Idiota."

Foi tomada por uma vertigem. Afinal, acabava de formular uma asneira pretensiosa. Afinal, quem achava que era? Antes da morte de Soliman, andava infeliz, ou melhor, sorumbática, achava-se deslocada, e daí? Seu lugar era ali onde a vida a colocara, não, ali onde ela havia escolhido aterrar, no meio-fio, pois não podia, no seu caso, dizer ter sido decisão de um bem-me-quer ou de um malmequer. E ponto final.

E ponto final...

Era deprimente. Mas era a realidade.

Meio ao acaso, continua a avançar, afastando os galhos enegrecidos e úmidos de um enorme salgueiro, que descem até o chão e lhe barram a passagem. Cacos de vasos de flores rolam sob os seus pés, entre o montão de grama cortada apodrecida e a pequenina horta que Firouzeh começou a delimitar, usando cordinhas estendidas sobre as estacas. Já possui, num canto, uma pequena área com rabanetes e alfaces americanas. A terra recém-revolvida parece fértil e escura, e, com certeza, estará morna, caso decida enfiar os dedos.

A alguns metros de distância, além da rede de arame farpado que serve de cerca ao jardim, há uma espécie de depósito formado por tábuas escurecidas pelo tempo. O teto afundou e permite ver, entre as ripas separadas e quebradas em determinados pontos, uma ofuscante mancha amarela. Tão radiante quanto o pescoço de um beija--flor. Quanto as bolinhas de mimosas, felpudas e de perfume intenso, que ela costumava comprar e dar de presente para a mãe. Todo ano, a mãe sonhava em conhecer Nice e a Côte d'Azur, sem, no entanto, querer se afastar da sua rua de casinhas iguais.

Com a mão pousada no arame farpado, força para passar por baixo, rezando para que a parca de Firouzeh não prenda em nenhuma das pontas. Uma vez do outro lado, salta uma pequena vala de água parada, ziguezagueia entre as moitas de urtiga e as suas hastes ásperas cor de cevada onde, desconfia, nunca brotou uma florzinha sequer.

Essa parte do terreno parece ter sido abandonada há um bom tempo e deve servir de baldio: os pés de uma decrépita tábua de passar roupa cravados em meio a um monte de garrafas plásticas cheias de um líquido escuro, um emaranhado de panos podres vestem um tamborete de pés desiguais. Para coroar o conjunto, um ferro de passar preso numa velha tina e um chapéu — sim, um chapéu vermelho em forma de cone e cheio de lantejoulas que parece até novo.

Apesar de estar bloqueada por várias chapas de alumínio ondulado, a porta de madeira da cabana se encontra praticamente no chão. Uma lona esverdeada cobre um veículo, no interior da habitação, sustentado por calços — "como na guerra, quando faltava gasolina", pensa Juliette. "Só que na época da guerra, não existiam carros amarelos, não é? Claro que existiam, é óbvio." (O mundo não era em preto e branco, apesar do que acreditara ao assistir, pela primeira vez, ao filme *A Travessia de Paris*. Na época em que foi lançado, ela devia ter seis anos).

Juliette agarra uma das pontas da lona e puxa. Alguns tijolos, apoiados no teto, despencam. Para evitá-los, dá um passo para o lado e, mais uma vez, puxa a lona, agora com toda a força. O suor lhe escorre pelo pescoço, pelas costas. De onde vem, de repente, essa fúria? Nem sabe se esse terreno pertence a Firouzeh ou se é alugado — a qualquer instante, o legítimo proprietário pode sair do bosque com uma carabina de caça carregada e...

A lona rasga e se desprende; na face interna, musgos desenham mapas de improváveis continentes. Animaizinhos fogem correndo em meio ao farfalhar de folhas secas — ratos silvestres, talvez. Ou gatos. Ela perturba o pequenino espaço de vida, de hábitos bem regrados, o ninho pacientemente construído entre os eixos do carro que talvez abrigue uma ninhada de criaturinhas rosadas e cegas — não, não é época de reprodução. "Tem certeza? Nem tanta. Impossível ter certeza de alguma coisa ali no campo quando se passou tanto tempo na linha 6 do metrô parisiense. Mas que mania de imaginar a vida dos animais nas suas tocas... Mania típica de alguém como ela que adquiriu todo o seu conhecimento assistindo a *Alice no país das maravilhas*, na versão Disney..."

Juliette puxa ainda mais a lona, provocando a queda de outros tijolos e, por fim, ela aparece à sua frente, tão inofensiva e empolgante quanto um brinquedo enorme, embora bem mais suja.

Uma van.

Amarela.

— É sua?

Juliette acaba de adentrar, esbaforida, o ateliê onde Firouzeh e Zaïde constroem um totem. Elas superpuseram vários pedaços de madeira, pedaços de lenha talhada de cerne macio e cor-de-rosa, e deixaram escorrer na superfície filetes de tinta de diferentes cores.

— Depois — explica Zaïde — nós vamos fazer os olhos com massa de modelar. E sobrancelhas. E uma boca, para que ele possa palavrear.

Ela repete duas ou três vezes essa última palavra, à espera de algum sinal de admiração por parte de Juliette.

— Palavrear é bonito. Você conhecia?

Juliette faz que não com a cabeça.

— Você é muito culta — elogia.

A menina simula um ar de modéstia e gira a lenha entre as mãos manchadas. Um riacho vermelho tinge as fibras.

— A madeira está sangrando — cantarola —, ela vai morrer.

Firouzeh dá um tapinha afetuoso no ombro de Zaïde.

— A árvore morre quando é cortada, mas esse pedaço aí vai continuar vivo.

— Por quê?

— Por causa dos palavreados e das promessas. Quando tivermos unido esses dois pedaços de lenha, vai surgir um buraco ali, bem na junção. Quando sentir alguma tristeza ou quiser fazer uma promessa, escreva num pedaço de papel e guarde lá dentro. Foi o meu avô que me ensinou esse truque.

— E o que acontece depois?

Firouzeh ergue a cabeça e cruza o olhar de Juliette.

— A madeira come tudo. As infelicidades, as esperanças, tudo. Ela guarda tudo em absoluta segurança. E nos deixa com as mãos livres para nos libertarmos de tudo ou realizarmos tudo. Mas isso vai depender do que entregar a ela.

— Então... — retoma Juliette abruptamente — ela é sua?

Firouzeh não demonstra surpresa; logo após tampar as latas de tinta que estão sobre a prateleira, volta-se na direção da janela. Atrás dos vidros sujos, é possível vislumbrar as cores mortas do terreno, o abrigo e a sua silhueta descuidada, quase imperceptível por causa do nevoeiro.

— Sim. Quer dizer, não — responde. — Ela é sua. Se você quiser, é claro.

25

— Você quer mesmo fazer isso.

Não é uma pergunta. Sentado na poltrona de Soliman e, como de hábito, envolto por uma nuvem de fumaça, Leonidas quer apenas confirmar ter entendido direito o discurso precipitado e entrecortado que Juliette acaba de fazer.

— É uma boa ideia, não acha? Eu nunca consegui concretizar o que Soliman nos pedia: seguir alguém, estudar a pessoa de perto para saber de qual livro precisava, qual lhe devolveria a esperança ou a energia ou a raiva que lhe faltava. É isso, encherei de livros a van e visitarei as pessoas nos vilarejos, e terei tempo para conhecê-las, pelo menos um pouco. Será mais fácil. Aconselhá-las, quero dizer. Encontrar o livro certo. Para elas.

O homem do chapéu verde — do qual não se separa — tira o cachimbo da boca e, pensativo, contempla o fornilho.

— É tão importante para você o que Soliman queria? Nunca passou pela sua cabeça que ele era louco — e nós todos também? É assim que nos vê?... Como uma espécie de médicos da alma ou representantes da indústria farmacêutica andando para lá e para cá com a maleta de medicamentos?

— Bem...

Como lhe dizer que sim, que é um pouco essa a sua ideia? Que acabou acreditando, não, acreditando não, adquirindo a certeza de que dentro das páginas dos livros se escondem ao mesmo tempo todas as doenças e todos os remédios? Que neles encontramos a traição, a solidão, o assassinato, a loucura, a raiva, tudo o que pode nos agarrar pela garganta e acabar com a nossa existência, sem falar com a dos outros, e que às vezes chorar sobre as páginas impressas pode salvar a vida de alguém? Que encontrar a sua alma gêmea em um romance africano ou em um conto coreano ajuda a compreender a que ponto os seres humanos sofrem dos mesmos males, a que ponto se assemelham, e que talvez seja possível conversar — sorrir, trocar carícias, sinais de reconhecimento, não importa quais — a fim de tentar evitar, no dia a dia, causar tanta mágoa uns aos outros? Mas Juliette receia ler no rosto de Leonidas uma expressão condescendente, pois, sim, isso tudo não passa de psicologia barata.

Ainda assim, acredita nisso.

Então, espera na esquina o reboque que vem de Dourdan-la-Forêt, sem fazer cara feia por ter aceitado o preço exorbitante cobrado pelo motorista e assiste à liberação da van — por enquanto, parece um destroço e em nada lembra o pedacinho de sol que acredita ter visto na cabana em ruínas, cercada pela magia ilusória do nevoeiro.

Chama o mecânico mais próximo — dessa vez, nem pensar em se afogar em dívidas com gastos de reboque —, pede um orçamento, emburra a cara mais uma vez, sobe ao sótão para recuperar as últimas latas de tinta amarela, compra material de limpeza e põe mãos à obra.

Leonidas coloca uma cadeira de jardim diante da porta envidraçada do escritório e só a observa. De tempos em tempos, leva um croissant com amêndoas e uma xícara de café instantâneo — definitivamente, renunciaram a pôr em funcionamento a máquina de Soliman —, meneia a cabeça num gesto compungido e torna a se sentar. Os mensageiros não aparecem mais, a notícia a respeito do falecimento de Soliman já deve ter se espalhado. Rumores correm ainda mais rápido que livros, cujas palavras estão sujeitas à impressão, talvez a metamorfoses. "Aliás", Juliette pergunta-se, esfregando o capô coberto de musgo, "não passaria a história do mundo, tal como a conhecemos, de fabulosos rumores que certos indivíduos tiveram o cuidado de deixar por escrito e que continuará a se modificar, repetidas, incontáveis vezes até o fim dos tempos?"

A verdade é que somos todos sós.

Com os nossos fantasmas.

E com o veículo que se livra das suas peles mortas tal uma cobra enroscada num arbusto. E começa a reluzir. E, naquele pátio apertado, parece ocupar cada vez mais espaço.

— Ela é grande demais — critica Leonidas, embora com certa admiração. — E se não passar pelo portão? Como vamos fazer?

De pé ao seu lado, Juliette, orgulhosa da sua obra, batalha para tirar as luvas de borracha. A carroceria continua amarela, mas exibe inúmeras tonalidades diferentes, pois a tinta acabou e a moda do "amarelo-ouro" há tempos cedeu o trono ao "amarelo-canário" e ao "amarelo alaranjado". Resta ainda um pouco da cor original no capô, onde a carroceria ficou mais protegida. Ela lamenta o fato de Zaïde não estar ali para pintar flores ao longo da porta, como fez no cômodo no qual Soliman lhe propôs instalar-se, algumas semanas antes. Mas Zaïde não voltará à antiga casa/depósito. Não de imediato. Leonidas passará ali a sua aposentadoria, comenta bem-humorado, satisfeito de poder poupar o dinheiro do aluguel. Quer reconstituir a rede dos mensageiros; em resumo, dar continuidade ao trabalho iniciado por Soliman, e também...

— Os barcos precisam de um porto seguro — diz, admirando o veículo recém-pintado. — E isso é um barco. Não um veleiro de regata, com certeza, a sua estrutura nada tem de delgada; pelo contrário, está mais para bojuda. Parece um brinquedo de criança. Ela me lembra aquela música dos Beatles, sabe qual? *Yellow Submarine*. Deveríamos chamá-lo assim, se não for inconveniente, é claro.

Juliette cai na gargalhada.

— Conhece os Beatles?
— É óbvio. Mesmo se eu fosse centenário, conheceria os Beatles. Você, mais do que eu, não pertence à sua época, Juliette. E acho isso ótimo. Eu não diria para continuar como é porque sei que deseja o contrário. Mas não perca esse seu lado… É, não tem jeito, estou envelhecendo, esqueço as palavras. Não consigo encontrar a palavra adequada.
— Nem eu — murmura a jovem.
Ele abre um sorriso — um sorriso meio triste, mas repleto de bondade.
— No fundo é melhor assim.

26

Juliette parte numa manhã chuvosa, ao contrário do que havia previsto ou imaginado: a van amarela — o *Y.S.*, como passou a chamá-la para abreviar — parece apagada entre os muros banhados pela chuva, sob as nuvens de um cinza deprê pairando acima dos telhados. Ela ficou quase uma semana escolhendo que livros levar imprensados nas estantes fixadas nas chapas de aço da carroceria.

— Voltarei de tempos em tempos, para renovar os estoques — avisa a garota.

E dá uma risada, assim como Leonidas, que acrescenta:

— As pessoas vão levar livros onde você resolver estacionar. Na certa, os livros que não querem mais.

— Ou os livros de que mais gostam... Não seja tão pessimista. Será que não vale mais a pena dar um livro de que gostamos?

Leonidas, indulgente, balança a cabeça.

— Com certeza, Juliette. Só acho que você acalenta muitas ilusões.

Ela fica em silêncio por um instante, pensativa, talvez entristecida, mas por fim conclui:

— Tem razão. Mas, no fundo, prefiro assim. Continuar meio ingênua.

Depois de uma longa conversa, decidem, para essa primeira viagem, renunciar às séries, pois Juliette não tem certeza se gostará de voltar a um ou outro vilarejo para deixar o volume 2, 3 ou 12. Quer preservar a liberdade. Afinal, mal começou o aprendizado dessa tão preciosa liberdade. Proust permanecerá, provisoriamente, no depósito, assim como Balzac, Zola, Tolkien, os livros de Charlotte Delbo, dos quais, todavia, tanto gosta, *A saga Otori*, em três volumes, de Lian Hearn (pseudônimo de Gillian Rubinstein), a edição completa de *Os diários*, de Virginia Woolf, a trilogia *Dinas Bok,* da norueguesa Herbjorg Wassmo, *Histórias de uma cidade*, de Armistead Maupin, a série *Darkover*, de Marion Zimmer Bradley, *1Q84*, em três volumes, de Haruki Murakami, *O homem sem qualidades*, de Robert Musil, e todas as grandes sagas familiares impossíveis de serem carregadas debaixo do braço. Restam os livros solitários, os grossos, os finos, os médios, aqueles cujas lombadas já estão descoladas de tanto terem sido abertos e, às vezes, assim esquecidos sobre uma mesa ou um aparador, os raros, cuja encadernação ainda cheira a couro novo, os que foram encapados — como os livros escolares no passado. Juliette ainda se lembra daqueles plásticos rebeldes que insistiam em não obedecer às dobras, deformavam a lombada do livro e deixavam a gente com as mãos úmidas.

Quanto a esse ponto, também é preciso fazer escolhas. E isso é tão difícil quanto a classificação.

— Eu fico me perguntando...

Sentada numa caixa cheia de pockets, Juliette mordisca o lábio — todas as heroínas de romances fazem isso —, as sobrancelhas franzidas.

— No fundo, o *Y.S.* não passa de uma biblioteca ambulante. E já existe um montão delas. Assim sendo, não preciso me preocupar em ter livros para todos os gostos, todas as idades, todas as áreas de interesse dos leitores... Ou preciso? O que acha, Leonidas?

— Nada.

— Como assim?

Leonidas, ocupado em folhear o seu precioso livro a respeito de insetos — sempre transportado para todo lado, dentro da sua pasta —, lança a Juliette, por cima dos óculos em meia-lua, um olhar severo.

— Por que eu deveria ter opinião sobre tudo? Minha escolha será inevitavelmente diferente da sua. E, no momento, é a sua que prevalece.

— Mas eu devo levar em conta o gosto dos leitores — teima Juliette.

— Acha?

— Sim, acho.

— Então volte para o metrô e anote tudo. Já não fez isso?

Juliette balança a cabeça. Sim, até começou uma espécie de lista — sobretudo dos livros recorrentes. Livros vistos em várias mãos, várias vezes durante a semana.

— Mas eles não são necessariamente os melhores — argumenta. — Não vou seguir as regras do... do marketing editorial.

Leonidas dá de ombros passeando com expressão amorosa a lente de aumento sobre um quadro colorido representando a *empusa pennata*, no qual estão registradas, nos mínimos detalhes, as antenas bipectinadas, tão semelhantes a pedacinhos de madeira seca.

— Para formar um mundo... tudo é necessário — diz, com placidez. — Até mesmo um mundo de livros.

Aqueles últimos trajetos no metrô carregam um gosto de despedida. Mais que os títulos dos romances, Juliette guarda as imagens percebidas com zelo afetuoso: um grafite onde uma mulher, usando tutu de bailarina, salta, as pernas dobradas e os olhos fechados, diante de uma paisagem urbana ressaltada por nuvens de algodão-doce colorido — como se estivesse dançando nas estrelas ou caindo ou se erguendo na espiral de um sonho; pombas — não, pombos, decide — andando nas marquises da estação Dupleix; a imagem fugidia de um domo dourado; a graciosa curva dos trilhos pouco antes da estação Sèvres-Lecourbe (coincidência?); um imóvel oval, outro redondo como uma bolacha, outro ainda coberto de placas acinzentadas semelhantes a escamas nas quais, quando os vagões do metrô passam, reflexos verdes, azuis e violetas tremeluzem; um jardim em cima de um telhado; a igreja de Sacré-Coeur ao longe; as barcaças cortando com vagar o rio, outras ancoradas, enfeitadas como jardins com tapumes de bambu plantados em grandes recipientes, e mesinhas, cadeiras, bancos... Juliette desce em quase toda parada, troca de vagão, observa os rostos e, sem confessar, aguarda um sinal: alguém compreenderá que, de fato, não está mais ali e já acaricia as lembranças; então, abrirá um sorriso para ela, desejará felicidades como no Ano-Novo, ou dirá uma frase enigmática que ela demorará anos para decifrar — mas nada acontece. Pela última vez, ignora as escadas rolantes, sobe os degraus cinzentos, onde brilham algumas partículas de mica, e afasta-se na chuva.

E ainda na chuva, um chuvisco persistente, carrega as caixas contendo os livros que decidiu levar, ou que, astutamente, se colocaram ao alcance do seu olhar. A essa altura já não sabe direito a diferença e, no fundo, isso não tem a menor importância. Se aprendeu uma coisa de toda essa experiência, foi o seguinte: em se tratando de livros, sempre nos deparamos com surpresas.

As estantes, instaladas pelo marceneiro da esquina (não sem inúmeros comentários zombeteiros), são munidas de bordas fixadas à meia altura das lombadas, a fim de que os volumes não caiam na primeira curva. Uma vez cheias, elas dão ao interior da van uma aparência extravagante, acolhedora até.

— Melhor que o escritório de Soliman — constata Leonidas, atônito. — Mais... íntimo, de certo modo.

Juliette concorda. Se não fosse obrigada a assumir o volante, adoraria acomodar-se ali, aquecida pela manta escocesa, com uma xícara de chá numa das mãos e, na outra, um dos inúmeros livros que forram as paredes e formam uma tapeçaria com motivos multicoloridos e abstratos nos quais os vermelhos e os verdes-claros fulguram em meio às clássicas capas nas cores marfim, amarelo bebê, azul acinzentado.

No espaço restante — mais reduzido —, empilha tudo o que lhe será necessário: um futon enrolado, um saco de dormir, a famosa manta xadrez, vários bancos dobráveis, um cesto com tampa onde guarda algumas louças e utensílios domésticos, um pequeno fogareiro de acampamento e provisões não perecíveis. E uma luminária, claro, para poder ler à noite. Uma luminária pendurada num gancho e que balançará projetando sombras aleatórias sobre os livros bem alinhados.

Leonidas inquieta-se por ela: uma mulher sozinha nas estradas... Juliette vê as notícias de fatos diversos dançarem em seus olhos arregalados, enquanto a imagina retalhada sob uma moita ou estuprada no fundo de um estacionamento. Ele está ali, plantado à sua frente — a poucos minutos da partida —, os braços pendentes, a expressão desolada. Ela empurra a maleta de primeiros socorros para debaixo do assento do motorista, volta-se e dá um abraço em Leonidas.

— Tomarei cuidado. Prometo.

— Você nem sabe aonde vai — lamenta-se ele com uma voz irreconhecível.

— Por acaso, isso é tão importante? Acha mesmo?

Desajeitado, aperta-a num abraço. Desde quando perdera o hábito desses gestos de ternura?

— Talvez. Besteira, eu sei. Mas isso me tranquilizará.

De repente, o rosto se ilumina.

— Juliette, espere só um minuto, por favor.

Ele dá meia-volta e sai quase correndo em direção ao escritório. Juliette começa a dançar pulando de um pé para o outro. De tanta ansiedade, sente uma queimação no estômago. No entanto, agora está com pressa: pressa de pôr um ponto final nas despedidas, pressa de ligar o motor e sair dirigindo pelas ruas cinzentas, rumo sabe-se lá para onde.

Leonidas volta com o mesmo passo saltitante. Na altura da barriga, o casaco impermeável forma uma protuberância engraçada. Ao se aproximar, esbaforido, enfia uma das mãos dentro do casaco e entrega--lhe três livros.

— O primeiro é da parte de Zaïde — explica. — Por pouco eu não me esqueci, sinto muito. Ela ficaria furiosa comigo.

É um exemplar de *Histórias assim*, de Kipling. Emocionada, Juliette folheia o livro: com o maior esmero, a filha de Soliman recortou todas as ilustrações e as substituiu pelos seus próprios desenhos. Um jacaré lilás puxa a tromba de um elefante com olhar assustado e patas exageradamente grandes; uma baleia de olhos repuxados esguicha água; um gato, com o rabo em pé, afasta-se rumo ao horizonte e depois desaparece num veículo que em muito se parece com uma certa van amarela.

— *Eu sou o gato que passeia sozinho. Para mim todos os lugares são iguais* — murmura Juliette, com um nó na garganta. — É assim que ela me vê? Acha mesmo?

— O que você acha?

Sem lhe dar tempo para resposta, ele tira das mãos dela a antologia de contos. Juliette prende a respiração: reconhece o segundo livro. Já o viu muitas vezes, repousado nos joelhos da mulher de rosto doce, Silvia, a que escolheu desaparecer e não mais acalentar as lembranças, não mais recordar os sabores desvanecidos nem os dissabores ocultos.

Um livro de culinária redigido em italiano, usado, manchado, tantas vezes manuseado.

— Eu fico tão arrependido de nunca ter falado com ela — diz Leonidas, baixinho. — Poderíamos envelhecer juntos. Quem sabe proporcionar alegria um ao outro. Mas não tive coragem. Como lamento... Não, não diga nada, Juliette, por favor.

Seu lábio inferior treme um pouco. Juliette fica paralisada. Leonidas tem razão. Não dizer nada, não se mexer. Deixá-lo prosseguir até o fim.

— Soliman me falou um pouco a respeito de Silvia — recomeça. — Ela não tinha mais família, a não ser um sobrinho na Itália. Em Lecce. Fica no sul de Brindisi... quase no extremo sul da bota. Certa feita, ela contou a Soliman que este livro era a única coisa a ser deixada como herança. Confidenciou que essas páginas continham toda a sua juventude, e o seu país, as cores, os cantos, os sofrimentos também, e os lutos, os risos, as danças, os amores. Tudo. Então... eu não ousaria pedir, mas... gostaria...

Juliette compreendeu.

— Que eu levasse o livro?

— Sim. E o último — apressa-se em pedir — é um manual de conversação italiano/francês. Encontrei ontem numa das gavetas da escrivaninha de Soliman. Talvez ele tivesse a intenção de ir a Lecce; jamais saberemos. E ali, na banca de jornais da esquina, há mapas à venda. Posso ir até lá comprar um da Itália, caso queira.

— De onde vem essa absoluta certeza de que vou concordar? E como eu vou reconhecer o sobrinho da Silvia? Sabe, ao menos, o nome dele?

— Não, mas sei que é dono de um restaurantezinho perto da Via Novantacinquesimo Reggimento Fanteria. É meio comprido o nome, eu sei, então vou anotar o endereço.

— Devem existir dezenas de restaurantes perto dessa rua! — exclama Juliette.

Ela baixa os olhos para a capa de cores esmaecidas. Os legumes, o pimentão gorducho... O queijo com uma incisão de lâmina. E, ao fundo, a silhueta de uma colina, de uma oliveira, de uma casa baixinha. É possível sentir vontade, lembra-se, de entrar na paisagem dos livros. E ali se estabelecer. E ali começar uma nova vida.

— Eu o reconhecerei — afirma de súbito.

— Sim — repete Leonidas. — Vai reconhecê-lo. Não tenho a menor dúvida.

Epílogo
Juliette

"Pela última vez — a última vez deste ano pelo menos, pois não faço mais planos a longo prazo —, sigo a linha 6. Mas não dentro do metrô. O *Yellow Submarine* ladeia o viaduto correspondente à parte aérea, a velocidade emparelhada com a de uma composição que deixou a estação Saint-Jacques no instante em que acelero o carro quando o sinal abre. Em Bercy, a linha 6 desaparece por baixo da terra, enquanto embicarei para a direta a fim de pegar, pela avenue du Général-Michel-Bizot, os contornos e a entrada da autoestrada A6. Minha intenção é seguir nela até Mâcon, onde deixarei de vez as principais e descerei na direção de Lecce pelas menores estradinhas possíveis. Não sei quanto tempo durará essa viagem, e de antemão me alegro. Aluguei o meu apê quando me mudei para a casa de Soliman, portanto tenho algum dinheiro para encher o tanque e comprar comida; quanto ao resto, darei um jeito. Tenho um galão para o combustível e uma sacola cheia de roupas, um casaco com capuz e botas, o manual de conversação oferecido por Leonidas, o presente de Zaïde, e livros, muitos livros.

E também nomes dançando na minha mente: Alessandria, Firenze, Perugia, Terni, bem como o que sempre me faz sorrir, pois o associo ao único jogo que os meus pais adoravam jogar: Monopoli [Banco Imobiliário].

* * *

A cada dia, lançarei os meus dados para avançar alguns quilômetros, mas não me contentarei em percorrer um tabuleiro de jogo e passar sem cessar pelas mesmas casas; avançarei, avançarei de verdade. Em que direção? Não faço a menor ideia. Depois de Lecce, talvez dirija até o mar. Depois subirei a bota por outra estrada, seguirei na direção dos grandes lagos, e para o leste. Ou lá para o norte. O mundo é absolutamente imenso.

De repente, eu me recordo de uma noite com Zaïde — quase a última antes de deixarmos para sempre a casa/depósito. Ela colocou uma saladeira de vidro sobre a mesa, encheu-a de água, acendeu todas as luzes da cozinha e, em seguida, brandiu um conta-gotas.

'Olhe', disse.

Como se parecia com o pai quando os olhos se iluminavam com aquela luz ímpar, a luz do mágico que, em um estalar de dedos, transforma a ilusão em algo prodigioso e nos faz refletir sobre a realidade do que estamos vendo. Parecia-se tanto com ele que senti, de novo, as lágrimas pinicarem os meus olhos, um bolo se formar na minha barriga, subir e bloquear a minha garganta. Rechacei-o com toda a firmeza de que sou capaz.

A menininha mergulhou o conta-gotas na água e, em seguida, levantou-o na direção da lâmpada da luminária que pendia acima da mesa.

No globo líquido que crescia lentamente, Zaïde capturou todo o cômodo: a janela e as suas quatro vidraças ao entardecer, o baú recoberto por um tapete vermelho, a pia de onde surgia o cabo de uma panela, uma foto grande pregada na parede mostrando uma amendoeira curvada sob a tempestade e as suas folhas arrancadas, arrastadas pelo vento, voo de anjos minúsculos ou de vidas sacrificadas.

'O mundo é pequenininho... É pena a gente não poder guardar as gotas de tudo o que vemos de bonito. Nem das pessoas. Eu adoraria, arrumaria todas dentro...'

Zaïde interrompeu o próprio discurso e balançou a cabeça.

'Não, isso não se arruma, mas é bonito.'

Murmurei, esfregando com discrição o dedo no canto da pálpebra: 'Sim. O mundo é muito bonito... Maldita umidade!'

Para mim, o mundo surte o mesmo efeito das bonecas russas: eu estou na van amarela, ela própria um mundinho único e que circula pelo mundo — imenso mas pequenino. Atrás de mim, sentada no chão, uma senhora de rosto meigo e cansado, um homem cujos braços compridos demais saem das mangas curtas demais do pulôver preto, uma menina risonha com o pescoço enterrado no seu vestido de babados, e também a minha mãe, apavorada — eu deixarei, para sempre, a zona de segurança traçada para mim. E, além deles, todos os homens que acreditei ter amado, bem como todos os meus amigos de papel, só que estes brandem taças de champanhe e copos de absinto: são os poetas sem dinheiro e alcoólatras, sonhadores tristes, apaixonados, gente pouco recomendável, como diria o meu pai (inútil mencionar, mas a minha última visita à sua casa não transcorreu a contento). Minha família.

Algumas centenas de metros mais adiante, sou forçada a deixar de acompanhar o metrô, que segue o seu destino, e detenho-me numa passagem para pedestres. Observo desfilarem todos esses desconhecidos com quem devo ter cruzado pelo menos uma vez no metrô; alguns eu reconheço pela bengala, pela maneira de subir a gola do casaco até debaixo dos óculos, ou pela mochila que balança entre as omoplatas, ao ritmo das passadas saltitantes.

E depois, eu a vejo. Ela, a leitora de romances, a garota de seios bonitos moldados pelos pulôveres verde-musgo, rosa escuro, amarelo mostarda de gola rulê. A garota que sempre começa a chorar na página 247. Aquela parte do livro em que tudo parece perdido.

'É o melhor momento', afirmou Soliman.

De minha parte, tenho a impressão de ter ultrapassado a página 247 — mas não muito. Só um pouquinho. Só o bastante para saborear o sorriso radiante da garota que traz debaixo do braço um romance enorme, umas quatrocentos e cinquenta páginas, à primeira vista.

Pouco antes de atravessar, a garota deixa o livro sobre um banco. Sem um olhar sequer. Em seguida, começa a correr. Uma ideia repentina lançou a garota num imenso turbilhão veloz, muito veloz, e ela precisou se apressar para alcançá-la.

Apesar de os motoristas atrás de mim começarem a ficar impacientes, não acelero. Meus olhos não conseguem abandonar as páginas do livro de onde desponta um marcador de cartolina branca, rígida e chanfrada.

Ligo o pisca-alerta e estaciono à esquerda, junto ao meio-fio. Três ou quatro carros ultrapassam o meu em meio a um concerto ensurdecedor de lições de moral e injúrias gritadas pelas janelas baixadas às pressas. Nem me dou ao trabalho de virar a cabeça, não sinto vontade de ver os olhos furiosos e as bocas retorcidas. Eles que se apressem. Quanto a mim, tenho todo o tempo do mundo.

Salto do Y.S. e vou até o banco. Não olho o título do romance; o marcador é que me intriga. Deslizo o dedo entre as folhas lisas.

Página 309.

Manuela recostou a testa na seda da camisa social.

— *Estou tão cansada* — *sussurrou.*

Os braços fortes a envolvem.

— *Vem* — *murmurou, pertinho do seu ouvido, a voz que ela escutava todas as noites em sonhos.*

"Vem." Perturbada, deixo o livro fechar-se sobre o pequeno retângulo de cartolina. A leitora da linha 6 abandonou a sua leitura antes do fim — falta quase um terço da história, em resumo, quantas peripécias, separações, traições, reconciliações, beijos, cenas de amor tórridas por vir... Quem sabe até uma derradeira cena no convés de um navio navegando com destino aos Estados Unidos. Duas silhuetas na proa, um riso carregado pelo vento, ou, então, um silêncio, pois tanto a felicidade quanto uma perda irremediável podem provocar agitação.

Pronto, lá estou eu escrevendo, na minha mente, a conclusão do livro. Talvez, por esse motivo, ele estivesse ali, naquele banco, para que dele eu me apropriasse, ou então o preenchesse com sonhos românticos que ninguém ousa confessar e com histórias que, meio encabulados, devoramos em segredo. Mas aquela garota não sente vergonha, eu já a vi chorar tantas vezes na minha frente, no metrô, e agora ela corre pela rua e abandona no banco o seu livro. Corre em direção a quem, em direção a quê? A resposta jamais saberei.

Pouso a mão sobre a capa. Ela já está um pouco úmida. Eu espero que alguém o descubra antes que a umidade penetre as páginas. Não levarei o livro. Por enquanto, decidi dar, e não pegar. Cada coisa no seu devido tempo.

A van está ali, à minha espera. Eu trago as chaves bem apertadas na mão esquerda.

Antes de voltar para ele, inclino-me e retiro o marcador que guardei por baixo do pulôver, encostado na minha pele. A cartolina chanfrada espeta o meu seio, e eu adoro essa picada — essa dorzinha.

Sei que ela me acompanhará. Por muito tempo."

As citações do capítulo 7 foram extraídas de:
Homero, *Odisseia*, canto XIV
Violette Leduc, *L'Affamée* [*A faminta*]
Thomas Hardy, *Tess dos Ubervilles*
Marie NDiaye, *Três mulheres fortes*
Sandrine Collette, *Il reste la poussière* [*Nada além de poeira*]

Naquela primeira manhã, Juliette viajava em companhia de:

Is-slottet [*Castelo de gelo*], Tarjei Vesaas
Owls do cry [*Corujas choram*], Janet Frame
A maravilhosa viagem de Nils Holgersson, Selma Laguerlöf
Min bror och hans bror [*Meu irmão e seu irmão*], Hakan Lindquist
Sula, Toni Morrison
A viagem, Virginia Woolf
O jogo das contas de vidro, Hermann Hesse
Mulher de barro, Joyce Carol Oates
A montanha mágica, Thomas Mann
La Naissance du jour [*O alvorecer*], Colette
La Semaison [*A semeadura*], Philippe Jaccottet
La Voix sombre [*A voz sombria*], Ryoko Sekiguchi
A espécie humana, Robert Antelme
L'Offense lyrique [*A ofensa lírica*], Marina Tsvétaïeva
Ligações perigosas, Choderlos de Laclos
Comme um vieillard qui rêve [*Como um velho que sonha*], Umberto Saba

Eu sei por que o pássaro canta na gaiola, Maya Angelou
Cem anos de solidão, Gabriel García Márquez
Os ditosos anos do castigo, Fleur Jaeggy
Lolly Willowes, Sylvia Townsend Warner
A sociedade literária e a torta de casca de batata, Mary Ann Shaffer e Annie Barrows
O livro de areia, Jorge Luis Borges
O livro do travesseiro, Sei Shônagon
Nedjma, Kateb Yacine
Amers/Marcas Marinhas, Saint-John Perse
Entrevista com o vampiro, Anne Rice
Chroniques du pays des mères [*Crônicas do país das mães*], Elisabeth Vonarburg
Suspicious River [*Um rio suspeito*], Laura Kasischke
O jogo da amarelinha, Julio Cortázar
Il giorno prima della felicita [*O dia antes da felicidade*], Erri De Luca
Un petit cheval et une voiture [*Um cavalinho e um carro*], Anne Perry-Bouquet
The torment of others [*O tormento dos outros*], Val McDermid
Gelo, Anna Kavan
Les Pierres sauvages [*As pedras selvagens*], Fernand Pouillon
A redoma de vidro, Sylvia Plath
Antigone [*Antígona*], Henry Bauchau
O pavilhão dourado, Yukio Mishima
The Time of Our Singing [*O tempo do nosso canto*], Richard Powers
Mulheres que correm com os lobos, Clarissa Pinkola Estés
Les Amantes [*Os amantes*], Jocelyne François
Gare du Nord [*Gare du Nord*], Abdelkader Djemaï
Milena, Margarette Buber-Neumann
Cartas a um jovem poeta, Rainer Maria Rilke
Beggars of Life: a Hobo Autobiography [*Mendigos da vida: autobiografia de um pedinte*], Jim Tully
Bartleby, o escrivão, Herman Melville
O país das neves, Yasunari Kawabata

Espere a primavera, Bandini, e *Pergunte ao pó,* John Fante
Dalva, Jim Harrison
Journal [*Diário*], Mireille Havet
Les Soleils des indépendances [*Os sóis da independência*], Ahmahoud Kourouma

    Esta lista, por sinal, está bastante incompleta, mas foi impossível citar todos os livros embarcados no *Y.S.*, tendo em vista ter sido composta na maior desordem e com a ajuda de companheiros fiéis (aos quais, de passagem, agradeço). É nisso que se constitui o fascínio de muitas bibliotecas. Se quiser, acrescente os seus preferidos, suas descobertas, todos os que recomendaria a um amigo ou ao seu pior inimigo, na esperança de que ele deixe de ser seu inimigo, caso a magia se opere.
    Ou ao homem ou à mulher ao seu lado no metrô.

Papel: Pólen soft 70g
Tipo: Bembo
www.editoravalentina.com.br